À REBROUSSE-POIL

Henri Vincenot est né à Dijon en 1912. Descendant d'une lignée d'une part rurale et artisanale, de l'autre cheminote, il a été fortement marqué par l'éducation que lui donna son grand-père maternel qui fut bourrelier, chasseur, apiculteur, bûcheron... Henri Vincenot fut initié très tôt aux plaisirs de la nature bourguignonne et acquit un tempérament solitaire et serein, amoureux de la vie sauvage et amateur de randonnées en liberté. Rien d'étonnant à ce que le jeune étudiant d'HEC, à Paris dans les années 30, souffre de son « incarcération urbaine » et se languisse de sa province. Il sera alors, durant vingt ans, animateur de *La Vie du rail*, ainsi que peintre, compositeur et écrivain. Il est l'auteur de *La Billebaude, Le Pape des escargots, Les Étoiles de Compostelle, Récits des friches et des bois, Du côté des Bordes, Toute la Terre est au Seigneur, Les Yeux en face des trous, À rebrousse-poil*, œuvres où transparaît son goût prononcé pour le terroir et la vie simple. Henri Vincenot est décédé en 1985.

HENRI VINCENOT

À *rebrousse-poil*

ÉDITIONS ANNE CARRIÈRE

*Je dédie ce livre
à Monsieur le Ministre
(pourquoi pas ?)
de l'Education nationale*

Préface

Henri Vincenot — on l'a déjà vu dans *Les Yeux en face des trous*[1] — n'est pas réductible à l'auteur de *La Billebaude* ou du *Pape des escargots*, grand-père sage et malicieux chantant la nature, la vie champêtre et la « civilisation lente » de nos aïeux. Confronté par obligation familiale à la vie parisienne en 1945 pour vingt-cinq ans, et découvrant la misère urbaine, l'exploitation et la déchéance des plus faibles, Henri Vincenot laissa libre cours à sa révolte.

Ce quart de siècle parisien voit naître, entre autres, quatre romans d'un jus particulier : corrosifs par leur réaction violente contre la dégradation de la femme, la déshumanisation d'une société dite de progrès, et anarchistes[2] par leur proposition de résistance à la destruction de l'âme humaine.

1. Editions Anne Carrière, 2000.
2. Voir *Les Yeux en face des trous*, p. 8.

A rebrousse-poil est l'un de ces romans. Publié en 1962, il relate une année d'expérience professionnelle d'une institutrice débutante dans une « banlieue difficile ». Déjà ! Henri Vincenot s'appuie sur des témoignages de vie réelle : j'ai bien vécu tout cela, à vingt ans, dans une école communale de « banlieue rouge », comme on disait alors.

Mon père savait conter, mais il savait aussi écouter et faire feu de tout bois : avec surprise, en 1962, j'ai retrouvé dans *A rebrousse-poil* tout ce que je lui avais relaté, enthousiaste ou découragée à mes retours de classe. Et notamment cette anecdote savoureuse qui souligne bien l'inadéquation de mes intentions pédagogiques avec la mentalité de mes élèves : une paysanne, veuve depuis peu, contemple avec un sourire ému son fils de douze ans qui, courageusement, remplace le père à la charrue. A ma question très édifiante : « Pourquoi la mère sourit-elle ? », un de mes titis banlieusards me répondit, sans balancer un seul instant : « A s'marre passque c'est pas elle qu'a travaille ! »

Aussi, pour mieux lire ce roman, il convient de le replacer dans le contexte historique et social de l'époque.

L'exode rural bat son plein. Les « émigrés » français, éblouis par la capitale, « montent à Paris » pour s'installer bien souvent dans des quartiers inhospitaliers et dans des logements d'une précarité peu imaginable de nos jours.

D'autres émigrés, maghrébins ceux-là, subissent

le même sort. Majoritairement seuls et mal consi-
dérés, souvent indésirables en leur pays natal, fré-
quemment d'origine paysanne et analphabètes
pour la plupart, ils se regroupent dans des bidon-
villes où ils connaissent une adaptation difficile.
En effet, le « regroupement familial » ne sera
décrété qu'en 1974 par le président Giscard
d'Estaing.

Depuis la guerre de 1939-1945, le travail de la
femme à l'extérieur de chez elle se développe
intensément. En 1962, les femmes n'ont le droit
de vote que depuis une quinzaine d'années. Dans
les mentalités, leur statut est flou, et encore très
empreint de l'état d'esprit antérieur à la guerre
de 14.

Enfin, le problème des prêtres-ouvriers est à
l'ordre du jour. Vincenot s'intéresse à ce mouvement d'un certain clergé séculier, proche du pro-
létariat et des humbles. La mise au pilori des
prêtres-ouvriers par Rome en 1954 tourmenta
plus d'un intellectuel de l'époque. Gilbert Ces-
bron y consacra son roman *Les saints vont en
enfer*. Déjà abordé par Vincenot dans *Les Yeux en
face des trous* — mais dans ses relations avec le
monde ouvrier —, le problème est encore largement traité ici. C'est dans le monde de l'enfance
délinquante que, cette fois, le prêtre exerce son
sacerdoce.

Car c'est bien surtout de cela qu'il s'agit dans
A rebrousse-poil : d'enfants livrés à eux-mêmes,
fragiles et violents, d'enseignants fourbus et
désabusés, utilisant leur énergie à établir des

contrats de survie avec leurs élèves. Prémoni-
toire, ce roman souligne déjà tous les problèmes
du système éducatif que les événements de 1968
feront affleurer au grand jour, non sans quelque
confusion.

Après un constat d'échec, les deux protago-
nistes — l'institutrice et le prêtre-ouvrier — se
réfugient dans un village abandonné pour y
mener une vie à la mesure des besoins humains
et reconstruire un monde selon leurs rêves.

Comme dans *Les Yeux en face des trous*, ce
retour au village n'est pas un hymne idyllique à
une impossible Arcadie. Henri Vincenot sait par
expérience que la vie rurale est rude, mais la
récompense de cette rudesse est l'entrée dans
une harmonie entre temps biologique et temps
cosmique et dans « l'étroite intimité des néces-
sités vitales qui sait associer la sobriété et le
plaisir[1] ».

Claudine VINCENOT

---

1. C. G. Dubois in *Actes des rencontres Henri Vincenot*, Editions
de l'Armançon, 1993.

1

Les quarante-huit garçons me regardent et,
bien qu'ils n'aient, en principe, que dix ans, je
vérifie mon modeste décolleté.

Le directeur me présente :

— Voici Mlle Lorriot, votre nouvelle institutrice. Mlle Lorriot est une bonne maîtresse et,
grâce à elle, vous allez pouvoir rattraper les trois
semaines que nous venons de perdre depuis la
rentrée en attendant un instituteur. Vous savez
que l'école laïque est pauvre, très pauvre,
puisque l'on donne l'argent qui lui revient à
l'école libre, vous savez qu'elle paie mal ses instituteurs et quand une jeune étudiante quitte
l'Université pour entrer dans l'enseignement primaire public, c'est vraiment par dévouement et
par amour pour les enfants du peuple.

» En conséquence, celui de vous qui lui man-
quera de respect aura affaire à moi ! Je ne tolé-
rerai aucune indiscipline !

Sa voix n'est ni convaincue ni convaincante. Il
semble chantonner machinalement une chanson

dont il aurait oublié les paroles ; il escamote les mots qui, chose curieuse, sont exactement contraires à ceux qu'il a prononcés tout à l'heure dans son bureau.

En effet, seul avec moi, il disait, d'une voix basse et brisée :

— Ce sont des petits salauds ! Je tiens le coup ici parce que je pars en retraite dans deux ans — deux ans de bagne encore !

» Ils ne respectent rien. Ils sont vicieux, violents et dangereux ; prenez bien garde à eux. En aucune façon ne tentez de les brutaliser, ils vous lapideraient et, même s'ils vous manquaient, leurs parents, eux, ne vous manqueraient pas ! Pour quelque histoire que ce soit, ne comptez pas sur moi. J'en ai assez de lutter et de perdre toujours... car nous, les maîtres, nous perdons toujours... Vous verrez !

A cet instant, il m'avait fait pitié. Je l'avais pris pour un homme fatigué par une longue carrière, et malade par surcroît.

Le voilà maintenant qui me serre la main en me disant, à voix basse :

— Je vous laisse avec les fauves !

Puis, précipitamment, il quitte la classe.

A peine a-t-il fermé la porte que les élèves échangent, à voix haute, leurs impressions :

— Drôlement chouette, la pépée ! (C'est moi la pépée, il n'en faut pas douter.)

— Les gars ! On peut faire son cran ! (Rires.)

— Pige les belles mirettes qu'elle a !

— O dis donc, les roberts ! Marilyn Monroe !

Le ton est vulgaire, bien entendu, et agressif.

Je tente de rétablir le silence par les moyens qui me semblent adéquats : je frappe dans mes mains en chantant : « Silence ! Silence ! » comme faisait Mme Brion, ma maîtresse d'école, à Trézilly-le-Château. Personne n'y prête attention. Certains se lèvent et se déplacent, pour aller échanger leurs impressions avec un camarade.

Je hausse le ton.

Peine perdue. En moi, la petite paysanne respectueuse est outrée, et l'étudiante besogneuse se révolte. Je prends une règle et, en criant « Silence ! » je frappe de toutes mes forces sur le bureau.

Un silence étonné s'établit alors. Ils me regardent comme si j'étais un Martien. Leur stupéfaction les rend muets. L'un d'eux émet enfin un sifflement admiratif, alors qu'un autre exprime crûment son admiration :

— Merde !... Oh ! dis donc ! La pépée, elle a le ponche !

Le moment est très grave. Je pense qu'il faut faire « acte d'autorité », il y va de ma carrière.

Je désigne celui qui vient de parler :

— Toi ! Comment t'appelles-tu ?

— Jackie Labitte.

Long éclat de rire collectif ; je consulte la liste des élèves. Jackie Labitte, c'est bien son nom.

— Jackie Labitte va aller se mettre à genoux devant le tableau !

Tous se regardent, atterrés. Un long silence

plane sur l'assistance. Jackie se lève, quitte sa place et vient à moi :

— De quoi ? A genoux ? Moi ?... Je voudrais voir ça !

Il avance en roulant des épaules, menaçant. Je suis immobile et j'attends. Il me dévisage. Je ne bouge pas, l'air déterminé à ne pas céder. (Et pourquoi céder, dirait mon père, cet enfant te doit obéissance et respect !)

L'enfant se retourne vers ses camarades qui le regardent, les yeux brillants de plaisir.

— Les mecs ! Y a du suspense !

— Et toi, comment t'appelles-tu, l'amateur de suspense ?

— Christian Pitois.

— Christian Pitois ira aussi se mettre à genoux.

On rit. Un bon gag ! Le Jackie se tape sur les cuisses en faisant signe à Pitois : « Allez ! On y va ? »

Et le voilà qui s'agenouille, dans un grand esbaudissement collectif. Les rires redoublent lorsque Pitois l'imite. Ils sont tous les deux à genoux, les fesses sur leurs talons. Tout le monde est ravi. Voilà enfin une bonne matinée. On reviendra ! Et les conversations continuent.

Pour moi, je suis tellement émue et si boule-versée qu'il m'est impossible de dire un mot. Ma gorge est crispée.

Rien ne s'est donc passé comme je l'avais prévu, pour ma première classe. Une bouffée de honte me monte au visage. Non pas la honte de moi-même (à aucun moment il ne m'est venu à l'idée que je commettais une erreur. J'ai employé les méthodes qui avaient donné, avec moi et avec mes camarades du village, les meilleurs résultats) mais honte de mes élèves. Est-il possible que des enfants, les enfants du peuple « le plus intelligent de la terre », aient si peu de respect pour cette « belle Ecole publique que le monde entier nous envie » (discours officiels) ? Est-il possible tout simplement que des enfants soient si mal élevés, à Paris « Ville lumière » (la rumeur publique), au siècle de l'atome (les journaux) ?

A trois ans, j'alignais mes cousins et mon frère sur des chaises et je leur enseignais la grammaire. A cinq ans, ayant perdu cette première clientèle, j'apprenais le calcul aux malheureux escargots que le hasard plaçait sur mon chemin. A six ans, je faisais la classe aux chiens, à mes poupées, à des bûches, à des chiffons, à des pinces à linge, sans distinction, même à des chaises vides. Rien n'échappait à mes ardeurs pédagogiques.

Aussi ai-je toujours pensé qu'un des métiers les plus féminins, outre celui de mère de famille, était l'enseignement. Avoir un homme, et éventuellement des enfants, c'est bien doux, mais tenir à sa merci quarante ou cinquante êtres humains, c'est encore mieux. Mâles ou femelles, jeunes ou vieux.

Mes parents et les orienteurs professionnels en

ont conclu que ma voie était effectivement
l'enseignement (que de perspicacité !). Voilà
pourquoi je suis là aujourd'hui, assise devant
quarante garçons de la proche banlieue parisienne, quarante jeunes gens de dix à quatorze
ans, issus des milieux les plus modestes de l'ineffable agglomération parisienne.

Cours moyen première année. CM1.

J'avoue que je ne suis pas passée par l'Ecole
normale.

Je suis un pur produit du secondaire. J'aurai
d'ailleurs l'occasion, au cours de ce récit, de préciser les circonstances qui m'ont amenée à
embrasser, momentanément, cette profession
d'institutrice primaire. Je me contenterai de
livrer mes impressions et de conter mes aventures, dans l'ordre.

Et d'abord, mes impressions.

Elles sont vives et cuisantes. Précises et impi-
toyables aussi.

C'est la première fois que je suis en contact
avec le peuple, ce peuple des grandes agglomérations, le vrai peuple. Mon père est une sorte de
poète-paysan, capable d'abattre un chêne sans
bavures, de gérer notre petite ferme de cinquante
hectares, de soigner ses bêtes avec amour et
compétence, de traquer, en période de fermeture,
un sanglier, de faire, l'hiver, des débardages de
bois pour le compte de propriétaires. Il connaît,
par leur nom latin, toutes les plantes et toutes les
bêtes de nos campagnes sans pour autant cesser
de parler notre patois, ne va jamais au cinéma

ni au théâtre, n'utilise que ses chevaux pour faire tous ses travaux. Ma mère n'a ni la radio, ni la télévision, n'achète aucun magazine et « reste au foyer ». Ils n'ont pas de voiture (automobile), ne votent pas, ne mettent de souliers que le dimanche. J'ai donc bien été élevée par des aristocrates, dans un esprit étroitement libéral, bassement fantaisiste, et sottement retardataire. De ce fait, mes réactions devant le peuple ne peuvent être que ridicules, je le sais. Faussées à la base par la manie de la culture, du confort intellectuel, de l'esprit critique et de l'indépendance, par l'amour de la petite propriété foncière et par le mépris de ce qu'ils nomment le « progrès ».

Très mauvaise position pour juger le peuple d'aujourd'hui, je ne l'ignore pas ; aussi, lorsque je risque ma première dictée, suis-je assez déçue. Voici pourquoi :

Il s'agit, dans cette dictée, d'un jeune paysan de quinze ans qui fait son premier labour. Il dirige de la voix son attelage et, le soc mordant la belle terre nourricière, le premier sillon s'ouvre, bien droit, alors que, dit le texte, LA FERMIÈRE, SA MÈRE, DEBOUT SUR LE SEUIL, LE SUIT DES YEUX ET SOURIT.

La première question que pose le manuel est la suivante : Pourquoi la mère sourit-elle ?

Je pose cette question à voix haute. J'attends que plusieurs élèves lèvent la main pour demander la parole. Il n'en est rien. On hésite, ou plutôt on est indifférent. Une seule voix s'élève, gouailleuse :

— Passque c'est pas elle qu'al travaille !

Je suis atterrée. Sans doute la classe va-t-elle se moquer de celui qui a pris la parole pour dire une telle ânerie. Erreur. Mes quarante-huit gaillards manifestent une approbation certaine. De toute évidence, celui qui a parlé a fait la seule réponse possible et raisonnable. Il m'apparaît que, pour des enfants de la région parisienne, une mère qui voit labourer son fils sourit « passque c'est pas elle qu'al travaille ».

Deuxième question : Citez cinq noms de métier terminés en « -eur », comme laboureur.

Les réponses fusent : Dictateur ! Agresseur ! Accapareur !

J'explique alors ce que c'est qu'un métier, un vrai. J'envoie l'élève Lamora au tableau. Il écrira les noms de métier en « -eur » que nous allons, tous ensemble, nous amuser à trouver. Nous cherchons. Nous trouvons « étameur ». En réalité c'est moi qui le trouve et tous me regardent avec étonnement. Je comprends alors qu'ils n'ont jamais vu et ne verront peut-être jamais plus un étameur. Qui, maintenant, à Paris, fait rétamer, et qui sait rétamer une casserole ? On en achète une neuve, tout simplement... Il est évident que le petit monde rural dans lequel j'ai vécu est inconnu de mes élèves. Nous ne parlons pas la même langue.

Je me retourne vers Lamora pour le regarder

écrire « étameur ». Mais il a disparu. Toute la classe rit de mon étonnement. Où est Lamora ?

La fenêtre est ouverte et j'entends Lamora qui, de la cour, appelle : « Psst ! Psst !... les copains ! »

Lamora est sorti par la fenêtre pendant que nous trouvions le mot étameur, et la classe ne riait pas de la façon amusante dont je conduisais notre quête de mots, mais de l'escapade de Lamora.

Je le rappelle. Il fait, par la porte, une rentrée très appréciée. Je le tance vertement et lui donne une punition : il copiera deux fois la dictée.

Il se met à rire et me dit, très calme :

— De quoi ? Moi ? J'ai jamais fait de punition !

Ce n'est pas une constatation, c'est un programme. « Son » programme. Il s'y tiendra. Il a un blue-jean usé aux genoux et blanc sur les cuisses, une chemise de cow-boy, à carreaux, des petites bottes pointues à talons, ornées d'incrustations. J'oubliais de dire qu'il est dans sa quatorzième année. Je dis bien : quatorze ans (l'âge de la classe est de dix ans, mais je n'ai que cinq élèves de dix ans. Tous les autres sont plus âgés et le terme « âge de la classe » n'a plus aucune signification).

C'est un garçon musclé. Il est aussi grand que moi et quand il dit qu'il n'a jamais fait de punition, c'est vrai. J'ai bien peur même que, si je l'obligeais par un moyen quelconque à faire cette punition, il n'emploie contre moi des arguments violents, sans aucune arrière-pensée, et la classe

qui est à ses pieds n'y verrait aucun inconvénient. Que faire ?

Pour regagner un peu de prestige, je tente une
diversion :

— Et si monsieur le directeur t'avait surpris
dans la cour ?

Très calme, avec le flegme de Jean Gabin,
Lamora répond :

— J'y aurais dit que j'étais allé chercher ma
gomme !

C'est dit avec un accent ineffable et tant de
naturel que la question paraît stupide et que celle
qui la pose est ridicule.

Je corrige la dictée qui a donné lieu à ces incidents caractéristiques. Las ! En cours moyen, à
l'école de Trézilly-le-Château, petit village bourguignon de cent quatre-vingts habitants, le plus
mauvais élève aurait fait quatre ou cinq fautes,
tout au plus. Ici je n'ai que quatre copies de
moins de cinq fautes, le reste s'étage entre cinq
et... cinquante fautes. Une par mot. Souvent
deux, parfois plus.

Ces durs des durs, ces caïds, ces gangsters, si
sûrs d'eux, font deux fautes par mot et la plupart
sont illisibles ! Catherine Lorriot, paysanne stu-
dieuse, fille de paysans, de culs-terreux, où es-tu
tombée ? T'aurait-on, parce que « nouvelle »,
donné la classe des arriérés mentaux ?

Non. C'est bien le cours moyen première année
d'un quartier parisien qui est là devant toi. Paris !
Ville lumière ! Pôle d'attraction ! Capitale de
l'esprit ! Arche d'alliance ! Etoile du Matin !

Paris, le phare et le haut-parleur ? Non, ce n'est pas possible. Ces enfants l'ont fait exprès, pour me mettre à l'épreuve, pour me sonder, que sais-je ?...

... Ou alors ?... Non, ce n'est pas possible, et ce serait terrible. Terrible pour moi. Tant d'illusions arrachées ! L'âme d'une petite paysanne est si riche d'illusions sur Paris, l'Instruction, le ministère de l'Education nationale, l'Enseignement public, la Culture populaire !

Je tiendrai le coup. Je ferai face à ces errements enfantins. Je punirai ces enfants, pour leur bien, pour que triomphe l'ordre que l'Ecole publique se propose de leur inculquer. Ils deviendront de bons citoyens ; j'en ai la responsabilité. J'exercerai le sacerdoce, envers et contre tous, et pour le plus grand bien de ces enfants de France, que j'aimais avant même d'en devenir le maître à penser. Combien de fois ai-je pensé à eux avec émotion dès que j'eus décidé d'embrasser la carrière professorale ! Sans doute avais-je projeté de faire licence et agrégation et, par conséquent, de me consacrer à des élèves plus âgés, se destinant en principe à l'enseignement supérieur ou aux grandes écoles... Mais ce peuple... Ce peuple qui... Ce peuple dont... ?

Ne perdons ni notre temps, ni notre énergie en rhétorique de meeting : je punirai Lamora. Je proportionnerai équitablement la punition à la faute et à l'âge du fautif. Je la nuancerai en tenant compte du niveau social de l'élève. J'exigerai que cette punition soit faite et ainsi tout rentrera dans l'ordre et tout sera pour le mieux pour le peuple auquel j'appartiens et dans lequel, malgré les apparences, doivent se trouver tant de ressources (on me l'a dit).

Bref, je ferai mon devoir.

— Lamora, tu me remettras cette punition demain à huit heures et demie !

Et, sans plus attendre, nous nous mettons à corriger notre dictée. Lamora s'est installé au fond de la classe, à sa place, et affecte la plus grande indifférence. Il ne corrige rien du tout. Les autres non plus, d'ailleurs. J'ai la douleur de le constater, ma classe est, à part cinq élèves, indifférente aux travaux scolaires que je lui ai imposés depuis que je suis là.

N'aurais-je pas le don de la pédagogie ? Aurais-je fait fausse route ? Pourtant j'emploie les mêmes méthodes que M. et Mme Brion employaient à Trézilly-le-Château, et qui donnèrent, mon Dieu, pendant leur longue carrière de très bons résultats (de 1919 à 1955).

En dix ans, est-ce possible que l'enfant ait changé à ce point ?

Je ne comprends pas. J'ai le vertige.

J'ai quarante-huit élèves.

En 1935, c'était une classe prévue pour trente élèves dans laquelle on avait trouvé, trente ans plus tard, le moyen de loger quarante places assises. En tassant encore un peu, on avait ajouté

ensuite deux tables de deux, ce qui faisait qua-
rante-quatre.

Deux élèves sont donc assis sur les marches de
l'estrade, et deux autres sur le rebord d'une
fenêtre.

Ça me rappelle une gravure que nous exhibait
M. Brion pour nous montrer l'état déplorable des
écoles avant Jules Ferry.

A la récréation, mes collègues, qui font les cent
pas sous le préau, m'accueillent avec sympathie ;
il y a là six hommes et deux femmes sortis de
l'Ecole normale, et un jeune homme venu,
comme moi, directement de l'enseignement
supérieur. Il en est, lui aussi, à sa première classe
et prépare, comme moi, une licence. Celle de
mathématiques. Comme moi encore, il est
pauvre.

Je brûle d'envie de raconter à ces gens mes premières impressions, mais je n'ose, de peur de
leur montrer à quel point mon inexpérience a
détruit mes chances dès la prise de contact.

Les hommes parlent de la saison sportive. Les
femmes, dont une tricote, me questionnent sur
ma famille, mes origines (j'ai un tel accent bourguignon qu'on me demande toujours si je suis
une parente de Colette... ou bien russe).
Lorsqu'elles apprennent que je ne suis pas passée par l'Ecole normale, elles ont l'air déçu,
même choqué, et éprouvent le besoin d'en infor-

mer leurs collègues mâles qui semblent prendre alors des airs supérieurs.

Ces mâles sont fort différents les uns des autres : l'un d'eux est un mulâtre de la Guadeloupe. Il se nomme Anthème, parle avec une très grande affectation, en avalant les *r*. Il a une chemise vert amande et une cravate mauve ; il faut dire que, sur sa peau havane, cela paraît moins ridicule que sur un Blanc.

Il y a aussi quatre hommes identiques, purs produits de l'Ecole normale, tous quatre coulés dans le même moule. Même physiquement, bien que différents, ils sont semblables. On comprend ce que je veux dire : même veste, même pantalon, même coupe de cheveux.

Mêmes idées politiques aussi, bien entendu : critiquant farouchement la République et répétant farouchement qu'ils sont républicains. Je ne puis encore les situer, faute d'expérience. Ils paraissent très simplets, très obscurs, mais, au fond, très consciencieux, très énergiques aussi. Apparemment. Ce n'est certainement pas à eux que les élèves oseraient faire ce qu'ils m'ont fait ce matin. J'en rougis encore.

Il y a aussi un célibataire de quarante-sept ans. Je le sais car il s'est présenté ainsi : « Tossus, quarante-sept ans ; célibataire. »

Il est assez court sur pattes, crasseux, l'air finaud et maniaque, quoique très fin et, pour tout dire, très sympathique. Bref : un original, c'est-à-dire un individu qui n'est la copie de personne.

Il est le seul à rire et à plaisanter franchement.
Le seul aussi à parler métier. Il me prend à part :

— Moi, je leur laisse faire ce qu'ils veulent ;
n'écoutez pas les autres collègues, ce sont des
pédagogues, des maîtres, des théoriciens. Soyez
prudente, pas de théorie, de la souplesse ! de
l'astuce ! Pas la force, jamais la force ! « Ils » sont
d'ailleurs plus forts que vous. L'année dernière,
« ils » ont lynché un maître qui en a eu pour trois
mois d'hôpital, alors, vous comprenez, je tiens à
ma peau, moi.

Cette confidence faite, il me ramène vers le
groupe en disant :

— D'ailleurs, j'ai la classe à côté de la vôtre. Si
ça chauffait un peu trop, appelez-moi, je ne suis
pas de taille à me bagarrer avec eux, mais je suis
tout de même plus fort que vous !

Les camarades rient en nous voyant revenir ;
l'un d'eux s'écrie :

— Ça y est ! Totosse a déjà entrepris notre
nouvelle collègue ! Attention à vous, mademoiselle Lorriot, Totosse est un ardent coureur de
jupons !

Je ris avec les autres.

Les grands élèves (douze, treize et quatorze
ans) sont montés sur le mur qui nous sépare de
la rue, sifflant les filles et accablant les passants
de quolibets. Un des maîtres, normalien, va les
faire descendre. Ils lui répondent avec des « Ça
va, petit père, on descend ! » Les uns s'exécutent
avec lenteur, les autres restent installés et continuent, tout simplement.

Tout cela me laisse dans la bouche une amer-
tume bizarre. Est-ce l'influence du cadre, ces
enfants me paraissent hideux et vicieux. Oui,
cela doit venir du paysage, que je trouve affreux :
une cour mi-cimentée, comme une casemate,
mi-poussiéreuse, où poussent trois marronniers
chlorotiques et torturés ; un grand mur, les W. -C.
alignés et sordides et, par-dessus le mur, des cheminées d'usines crachantes, et deux grands
immeubles tristes. Dans ces quatre cents mètres
carrés de cour, quatre cents enfants tournent en
rond dans la poussière. Entre ces murs dix fois
trop étroits, montent, de ce troupeau convulsif,
des relents de linge douteux et de sueur scolaire,
la plus forte de toutes les sueurs, surtout celle des
garçons.

Je serais curieuse de lire, car ils existent, je le
sais, les règlements qui fixent la surface des
cours de récréation en fonction du nombre
d'élèves. Ici, le calcul est vite fait : chaque enfant
dispose, pour s'ébattre, d'environ un mètre carré.
Oui, un mètre carré. Oyez, gens des campagnes !

Rien d'étonnant, donc, que les plus forts
montent sur le mur pour aller respirer l'air de la
rue, pourtant bien polluée par une circulation
que l'on entend gronder, rageuse (il y a un feu
rouge à hauteur du bâtiment). Aussi empuanti
qu'il soit, l'air de la rue est un cristal auprès du
remugle trouble qui remplit, à ras bords, cette
cour carcérale.

Mes collègues m'affirment qu'à partir de
demain on fera trois ou quatre récréations au

lieu de deux. Tant mieux, mais l'espace vital de chacun ne sera ainsi multiplié que par deux ou trois, soit, au plus, quatre mètres carrés, et quels mètres carrés !

Où est notre jolie cour, au soleil, de l'école de Trézilly ? Où est le grand pâtis d'herbe et de buissons ? Où est l'espace clair et l'immensité des horizons bourguignons ? Et pourtant avec quel dédain chacun de ces petits Parisiens regarderait les petits paysans de ces pauvres villages sous-développés !

Les « mots d'excuse », par quoi les parents doivent justifier l'absence de leur enfant, commencent à affluer. Je suppose que les parents qui m'écrivent sont en plein déménagement, ou que leur maison vient d'être incendiée, car ces mots sont rédigés (il faut voir comme !) sur des feuilles de calepin, au dos de publicités commerciales ou d'enveloppes, ou même sur une marge de journal déchirée à la main.

Trois élèves seulement (un Arabe et deux Français) m'apportent une lettre bien tournée, écrite sur un papier simple et correct. Je les en félicite.

En y regardant de plus près, je m'aperçois que ces trois lettres, arrivées à des jours différents, sont de la même main, sur le même papier et, chose curieuse, c'est la même signature, très lisible : « Pour le père, Albert Labastugue. »

L'écriture n'est pas belle, elle est petite, inégale,

bâclée, mais... intellectuelle. Une écriture de professeur, de médecin, une écriture de curé.

— Pourquoi ce n'est pas ton père qui a signé cette lettre ? ai-je demandé discrètement à chacun.

— Mon père ne sait pas écrire, ont répondu l'Arabe et un Français.

— Mon père, il est pas là, a répondu l'autre Français.

— Mais qui a signé ?

— C'est M'sieu Albert, ont répondu les trois.

— On verra ça, ai-je affirmé d'un air entendu.

Je ne sais trop quoi faire ; ils ont dit ça d'un ton tellement naturel. M'sieu Albert ?...

Premier problème d'arithmétique.

Meilleurs résultats qu'en français, mais quelle orthographe !

Je pense aux lettres qu'envoyaient mes grands-parents et surtout mes arrière-grands-parents, artisans bourreliers. Mon arrière-grand-mère surtout. Elle est née en 1865 et n'a pas son certificat d'études car elle a dû remplacer sa mère morte alors qu'elle-même avait onze ans, et pourtant c'est un Littré, un Voiture auprès de mes gaillards : pas une seule faute, jamais ! Et quelle écriture ! Et quel style ! Du Michelet. Et mon autre arrière-grand-mère, Valentine, fille de menuisier de village, élevée par les sœurs Ignorantines, aux environs de 1875 ! Je garde la plupart de ses lettres comme témoins irrécusables d'un temps révolu que l'on a l'air de vouloir nous faire oublier, par crainte de la comparaison, sans doute. Le soir, en rentrant, il m'arrive de les relire : quelle finesse ! une marquise de Sévigné, avec l'expérience de la misère en plus, une misère d'ailleurs souriante et simple. Une misère si proche du bonheur, en somme. Pas une faute, bien sûr. D'ailleurs, ai-je jamais trouvé une faute d'orthographe dans les lettres recueillies dans les malles du grenier, toutes émanant pourtant de gens n'ayant connu que l'école du village qu'ils avaient quittée à l'âge qu'ont actuellement mes élèves ? Je ne parle pas des lettres de mes parents : à part l'accord très spécial des participes dans celles de ma mère, ce sont des copies de brevet supérieur. Et ce ne sont que de simples cultivateurs. Bien des bacheliers seraient incapables d'en rédiger de semblables aujourd'hui.

Ces comparaisons me donnent un malaise que j'ai bien du mal à me dissimuler. Le peuple, car c'est du petit peuple qu'il s'agit dans les deux cas, aurait-il régressé ?

Enfin, il me faut conter l'événement suivant.

Le matin je me suis emportée et je me suis écriée :

— Désormais, vous copierez vingt fois le mot dans lequel je trouverai une faute !

Un petit brun, qui est assis sur les marches de l'estrade, a dit :

— D'la merde !

Instinctivement, je l'ai giflé, navrée de ne pouvoir faire plus. A Trézilly-le-Château, il eût été rossé une première fois par le maître, une deuxième fois, et non la moindre, par son père, alerté sans tarder dès la rentrée des champs.

Lui, il s'est tu et, comme sonnait midi, s'en est allé. Il s'en est allé non pas chez lui, où il n'y a personne à midi, père et mère prenant repas dans leur cantine respective, mais... chez le médecin du quartier, et il lui a demandé UN CER-TIFICAT COMME QUOI LA MAÎTRESSE L'AVAIT BRUTA-LISÉ !

ET LE MÉDECIN A FAIT LE CERTIFICAT !

A Trézilly-le-Château, si pareille chose s'était produite... Mais pourquoi toujours comparer ce pauvre village « sous-développé » à ces « grandes agglomérations en plein développement » ?

Le lendemain matin le giflé revient... avec son père. Ils se dirigent tous deux, d'un pas sûr et décidé, vers le bureau du directeur. Peu de temps après, j'y suis appelée. Le père et l'enfant sont là, assis, avec l'air de deux juges.

Je comparais. Ils restent assis.

— Mademoiselle Lorriot, est-ce vrai que vous avez giflé cet enfant ?

— Oui.

— Vous savez pourtant qu'il est interdit de frapper les enfants ?

— De les battre, oui, mais une gifle...

Le père prend la parole :

— Vous l'avez frappé, oui ou non ?

— Je l'ai giflé.

— Je n'admets pas qu'on gifle mon enfant !

— Va vers tes camarades, dit le directeur au garçon.

— Xavier, reste ici ! interrompt le père qui se tourne vers nous. Je veux que le petit entende ça !

Le directeur se tait. Je prends donc l'offensive :

— Quelle profession avez-vous, monsieur ?

— Je ne suis pas ici pour être interrogé. C'est moi qui vous interroge. Accepteriez-vous qu'une étrangère gifle votre fils ?

— Je ne suis pas une étrangère. Je suis celle que vous avez choisie pour vous remplacer auprès de cet enfant, pour assurer son éducation et son...

— Je n'ai moi-même jamais giflé mon fils, hurle-t-il pendant que le gamin prend un air suave. Si je vous giflais, ça vous ferait plaisir, à vous ?

— Je ne suis pas un enfant. Je ne suis pas un enfant mal élevé ! Mais lorsque j'étais petite, j'ai été giflée maintes fois, et j'en remercie mes...

— C'est des méthodes périmées. C'est de l'obscurantisme ! Moi je vous défends de frapper mon fils, sous quelque prétexte que ce soit, vous entendez ? Nous ne sommes plus sous l'Ancien Régime, hein. Je ne veux pas qu'il ait des complexes !

Il est vêtu comme un petit bureaucrate ou un vendeur de grand magasin. Il a l'accent parisien, traînant et gouailleur, avec lequel une oraison funèbre de Bossuet deviendrait vulgaire. Les mots « complexe », « obscurantisme » ont dans sa bouche une saveur toute particulière qui porte tout bonnement à rire. Je ris donc, mais le directeur reste sérieux. Il nous coupe la parole, s'adresse à moi, durement :

— Mademoiselle, avez-vous frappé cet enfant, oui ou non ?

— Mais oui.

— Les règlements interdisent de frapper les enfants, vous le savez ?

— J'ignorais que la gifle était interdite. Je pensais, c'est d'ailleurs ce que pensaient mes parents aussi, lorsque j'allais à l'école, que le père déléguait son droit de correction au maître pour...

— C'est un monde ça ! s'écrie le père en ricanant. On veut bien toucher la paye d'instituteur, mais on ignore les règlements !

L'enfant est toujours là, et il ricane aussi.

— Vous voudrez bien à l'avenir respecter le règlement, coupe le directeur. Faute de quoi je serai obligé de sévir ! Vous pouvez retourner à votre classe.

Je suis profondément humiliée, choquée. L'enfant giflé rentre avec moi en classe. Il est calme, souriant, sans forfanterie ni arrogance, mais simplement détendu. De toute évidence, ce qui vient de se passer est normal ici. Il vient d'exercer un droit naturel et d'obtenir satisfaction de la façon la plus habituelle, semble-t-il.

J'ai, pour commencer ma classe, un instant de

désarroi. Je me sens désarmée devant ces petits et j'ai peur, impuissante.

A la « récré », le directeur me fait appeler.

Il me reçoit avec douceur et une grande affection se lit dans son regard. Il la manifeste par des gestes brusques, une agitation touchante. Il a des larmes dans les yeux.

— Entrez, mon petit, me dit-il en m'accueillant à la porte, asseyez-vous ! Je suis navré, mais je vous l'ai dit (vous l'ai-je dit ?) : nous sommes désarmés devant les parents ici. A la maison et dans la rue, les enfants font ce qu'ils veulent. Ils ne savent rien leur refuser, ils ne les punissent jamais... et des règlements absurdes nous interdisent, à nous, éducateurs, de réagir...

» J'ai joué cette comédie devant le père, j'ai « engueulé le maître » et le père est parti content. Voilà l'état d'esprit actuel. Mais ne faites pas attention. Chaque fois ce sera la même comédie, je vous traînerai plus bas que terre. Croyez bien que je n'en pense pas un mot, mais...

— Pourtant, monsieur le directeur, dans mon village...

— Mon pauvre petit ! Aucune comparaison possible entre des cultivateurs et des ouvriers...

— Mais dans ma famille, nous sommes tous des ouvriers !

— Quelle erreur, ma petite fille ! Vous allez comparer votre petit village avec ce monstre qu'est la grande agglomération ! Il n'y a, je le répète, aucun point de comparaison entre les

« ouvriers » que vous connaissez et la « classe ouvrière »...

— Monsieur le directeur, je n'ai jamais beaucoup cru à cette division de la population en « classes »...

— Vous pensez que c'est une invention des politiciens, une clause de style utilisée par des beaux parleurs, une figure de rhétorique ? Non. Non. La « classe ouvrière » est une réalité. Elle se distingue nettement du « peuple » que vous avez connu. Elle est un pur produit de la concentration industrielle... elle ne fleurit que dans les grandes agglomérations...

Le directeur passe sa main sur son front, d'un air accablé :

— Ah ! vivement la retraite, que je respire le calme, la simplicité et l'honnêteté, dans un petit village, comme le vôtre, un petit village que je connais bien... dans la petite maison berrichonne qui m'attend !

Je reviens vers mes confrères qui font les cent pas sous le préau. Ils sont déjà au courant. Je me mets à sangloter, nerveusement. Tossus me prend vivement par les épaules et, très habilement, me fait entrer dans la classe :

— Pas devant « eux », malheureuse, pas devant « eux ». Ne pleurez jamais devant « eux ». Là ! Détendez-vous !... Pleurez tant que vous voudrez ici !

Je réagis et je m'essuie les yeux. Ça y est, c'est fini.

Tossus continue :

— Je vous l'ai dit : ne les frappez jamais. Laissez-les faire tout ce qu'ils voudront, c'est la doctrine, c'est la loi, c'est le mot d'ordre de la « PSYCHOPÉDAGOGIE MODERNE ». Sinon, vous aurez contre vous toute la démocratie ! Car, pour eux, la démocratie, la République, c'est le maître engueulé devant l'élève...

— Je vous croyais républicain, monsieur Tossus ?

— Je *suis* républicain, dit fièrement Tossus. Oh ! j'ai une notion très grande et très belle de la République ! Je l'aime, vous savez, la République. Oui, je l'aime, mais « ça », ce n'est pas la République.

— Mais alors, nous allons à l'anarchie !

— Si seulement ! soupire Tossus en agitant comiquement ses petits bras, si seulement nous allions à l'anarchie, la grande, la noble anarchie ! Mais nous allons à l'abrutissement, nous allons à la merde ! Voilà où nous allons ! Tenez, moi, un jour, j'ai donné une gifle à un voyou qui me menaçait de son couteau, un couteau à cran d'arrêt bien entendu, en classe. J'ai frappé un peu fort, c'est possible, mais il n'en est résulté qu'un bleu comme ils s'en font dix à chaque partie de foot. Bon. Le père a porté plainte. Eh bien, j'ai été jugé, comme un malfaiteur ! Oui, mon petit ! Je suis passé en correctionnelle, et j'ai été condamné... Je vous raconterai ça en détail...

— Pourtant vous aviez été menacé !

— Oui, mais les élèves étaient seuls témoins.

— Les témoins étaient donc nombreux !

— Sans doute, mais aucun n'a témoigné en ma faveur. Aucun n'a dit la vérité. L'homme au couteau appartenait à une bande qui tenait les quelques meilleurs sujets sous la menace. Tout le monde s'est tu.

— C'est effrayant !

— Hé oui, c'est effrayant, vous dites bien. Aussi, maintenant, je laisse aller. Je fais mon cours. Je parle, j'écris au tableau. « Eux », ils font ce qu'ils veulent. En tout, j'ai cinq élèves sur cinquante qui apprennent quelque chose. Un sur dix, c'est déjà beaucoup.

— Un bon citoyen sur dix ?

— Bien moins que ça. Avec l'âge, on en perd encore un sur deux.

— Un sur vingt, alors ?

— Et nous sommes généreux. Moi j'en compte un sur cent...

— Ce n'est pas possible !

— Vous verrez ! Croyez-moi : j'ai quarante-sept ans, je commence à les connaître.

J'allais lui parler de M'sieu Albert, mais la fin de « récré » a sifflé et nous avons fait la mise en rangs.

Nouvelle lettre d'excuse rédigée par M'sieu Albert.

C'est Ladoix qui me l'apporte.

Ladoix vient de virer sa cuti et doit être surveillé et exempté de gymnastique. Tout cela est dit dans la lettre avec précision... et brièveté, voire même avec une grande habitude des termes médicaux.

— Ton père ne sait pas écrire ?

— Non. (Que d'adultes qui ne savent pas écrire à Paris ! Moi, paysanne, j'en suis ahurie.)

Ce M'sieu Albert m'intrigue de plus en plus. Qui est-il ? Comment est-il ?

Je demande :

— Qui connaît M'sieu Albert ?

Quarante mains se lèvent. C'est Ahmed qui la lève le plus haut. Je demande à Ahmed :

— Il est gentil, M'sieu Albert ?

Les yeux brillants, le petit Noraf répond :

— Oh ! oui, tri gentil !

— Qu'est-ce qu'il fait, M'sieu Albert ?

— Kif-kif l'écrivain public !

— Qu'est-ce que c'est que l'écrivain public ?

— C'i çoui qui écrit les lettres, bor liz arab.

— Et M'sieu Albert écrit les lettres pour les... euh... les... Européens ?

— Bor tot le monde, liz arab, les roumis, tot le monde !

— Pour ton père aussi ?

— Hè oué !

— Mais ton père ne s'adresse pas à l'écrivain public arabe ?

— Hé non ; l'écrivain public, il demande beau-coup d'argent. M'sieu Albert il demande rian di tot.

Tout le monde rit gentiment, à cause de l'accent. Ahmed est pâle de rage, il se tourne vers la classe et, dédaigneux :

— Vous pouv tojor rigouler, j't'emmerde !

De fait, Ahmed est un très bon élève et je ne serais pas étonnée qu'il se classât en tête aux compositions, surtout en calcul ; c'est un Kabyle. Mais je ne sais toujours pas qui est M'sieu Albert.

Désormais, quand je m'installe à mon bureau, chaque matin, une grande frayeur me prend. Je n'aurais pas dû écouter Tossus, ni le directeur. Ce sont des vieux, aigris, inadaptés. Les autres collègues ont l'air très détendus, quoique graves, mais pas désespérés. D'ailleurs, ils parlent football et comparent les mérites de Nîmes et de Reims. C'est vers eux que j'irai. Je fuirai Tossus qui me démoralise. C'est un obsédé. Avec ses « ils », ses « eux », il va m'arracher à ma vocation, m'extraire de ma classe et m'installer sur une chaire-forteresse, à un bureau-casemate. Non, l'école n'est pas une guerre entre élèves et maîtres, c'est une collaboration, affectueuse, une lente ascension commune vers la connaissance et l'amour.

Je vais observer les autres maîtres et orienter mon action ; il y a certainement un moyen de « les » prendre. « Ils » ne sont pas tellement loin de nous, les élèves de Trézilly-le-Château, et leurs parents sont des parents comme les miens ou comme les cultivateurs de chez nous. Leur mode de vie diffère, c'est certain, mais pas leur cœur.

Hier, Ben Hamou, Jussiaume, Bianchini et Nowiack étaient absents. Aujourd'hui, ils viennent me remettre le « mot d'excuse » réglementaire.

D'abord Ben Hamou :

— Qui a écrit ce papier ?

— Hé, M'sieu Albert.

Le texte de cette petite lettre, toujours très correct, avec formule de politesse, est très circonstancié, très concis.

— Mais qui est ce Monsieur Albert, à la fin ?

— Hé kestuveu... c'est M'sieu Albert !

— Où habite-t-il ?

— Chez nous.

— Avec ton père ?

— Hé non, dans la maison...

Ben Hamou a des cahiers qu'on hésite à toucher du bout du doigt, crasseux, constellés de taches de graisse. Je l'ai déjà puni pour cela ; mais je n'ai constaté aucun progrès. On verra ça.

Jussiaume. Lui, c'est un bon petit Français, tête celte, œil honnête. Ses devoirs sont gentiment bâclés. On lui fait un cran dans ses jolis cheveux noisette de bon Gaulois inondés de produits sirupeux et prétendument parfumés. Là, on ne néglige rien et on se tient au courant des dernières inventions de la science capillaire, mais tout le reste est lamentable.

Il me donne une petite boule de papier de journal : c'est son « mot d'excuse ». Je déroule cet innommable chiffon. C'est une marge de journal, déchirée à la main, au petit bonheur, où l'on a écrit, au crayon :

« Sacha a pa été à l'école passque il a pa pu allé à l'école. »

Signature illisible.

Je le répète : c'est écrit en travers d'une marge de journal déchirée à la main et pliée à la diable. C'est ça le « mot d'excuse » que des parents, bien français, au nom bien sonnant, venus il y a trente ou quarante ans à Paris, envoient au maître d'école, au mois d'octobre 1961 !

Bianchini.

C'est un petit Napolitain, arrivé de Naples l'année dernière avec son père, sa mère et ses sept frères et sœurs. Il est assez propre, l'air éveillé. Il fait des progrès étonnants en français et se classe aisément dans les premiers de la classe, même en orthographe.

Tous mes confrères sont d'accord là-dessus : les petits Italiens, Espagnols et Arabes prennent la tête de leur classe dès leur arrivée. Ça dure un an, après quoi, sauf exception brillante, ils tiennent la queue, définitivement, et deviennent de francs voyous, pire que les Français qui, eux, semblent monopoliser la médiocrité, même dans le vice.

Bianchini me remet une feuille de papier à lettres déchirée en deux, propre, mais sans enveloppe, sur laquelle je lis :

« Visite à l'ospedale. »

C'est tout.

Nowiack.

C'est une petite frappe sans caractère, sans couleur, assez brutal. Il me donne une feuille rose, fort parfumée, où je lis cette seule et unique phrase, en écriture moulée : « Veuillez agréer, monsieur, l'assurance de ma parfaite considération. »

La signature est illisible, bien entendu.

Que tout cela est donc bizarre ! Serais-je donc tombée sur un quartier très spécial réservé aux ilotes de la région parisienne ?

J'en parle à mes collègues à la récréation. Ils éclatent de rire et me disent : « Vous n'avez encore rien vu, attendez ! »

Ne sachant plus trop comment m'y prendre, j'ai résolu de parler rudement à mes élèves, voire grossièrement. Je me donnais l'impression d'une jeune personne en bas de soie qui voudrait donner à manger aux cochons avec des gants suédés. En parlant normalement, j'avais même l'impression de ne pas être comprise du tout. J'emploie donc leur langage. Ridicule souci de me mettre à leur portée ; c'est antipédagogique, bien sûr, mais cela donne des résultats. (Ce serait donc pédagogique ?)

— Dis donc, toi l'Frisé, tu la boucles, oui ?

A mon grand étonnement, le Frisé se tait et ses camarades rectifient leur position, très simplement. Ils comprennent, c'est évident.

Je généralise donc le procédé et je souligne les

remontrances en tirant violemment les cheveux. Je ne les frappe pas, je tire sauvagement jusqu'à arracher une touffe de poils. Le règlement ne dit rien là-dessus. Ils l'acceptent d'ailleurs sans discussion. En somme, on peut leur parler comme un charretier à ses animaux, et même pire, les torturer par tous les moyens, pourvu qu'on ne les « frappe » pas, qu'on ne les « gifle » pas.

On pourra penser que je suis grossière et méchante, mais quand je dis : « J'en ai assez de ce bruit, taisez-vous je vous prie ! » aucun résultat. On continue à siffloter, à échanger ses impressions sur le dernier film de Brigitte Bardot. Si je gifle, je passe en correctionnelle, mais si je hurle : « J'en ai marre ! Vos gueules là-dedans ! », j'obtiens un silence, fugace et très relatif certes, mais suffisant pour entendre le son de ma propre voix.

Dans la classe de Tossus, c'est en permanence le tohu-bohu général. Tossus parle, fait son cours sans forcer sa voix. Quelques élèves, au premier rang, essaient de suivre, d'autres sont indifférents, les autres sont étendus à plat ventre sur le parquet, le cahier ouvert devant eux.

Tossus a confié la police proprement dite au gang des blousons noirs, avec son chef Christian en tête. Sans quitter son siège, il dit :

— Christian, va me régler ces cons-là au fond de la classe !

Christian quitte sa place, avec la lenteur calculée d'un cow-boy ; tout en mâchant son chewing-gum, il s'approche des fauteurs de désordre et frappe dur. Jamais il ne viendrait à l'idée de l'élève puni d'aller se faire faire un certificat médical. Le plus souvent même « les loustics se tiennent à carreau », comme dit Tossus, car le Christian, malgré son nom, est une belle brute et n'a aucun scrupule à montrer sa force ; personne n'oserait porter plainte : on ne vend pas les copains, surtout les caïds.

Ce procédé m'écœure. Tossus affirme : « Pour dresser les salauds, rien de tel que l'un d'entre eux ! »

Il m'est arrivé, même, d'assister à la scène suivante : Christian se lève, s'approche des chahuteurs et s'aperçoit qu'ils ne font rien de répréhensible. Il revient alors vers le maître en laissant tomber :

— Dis donc, Totosse, faudrait voir à pas charrier, tu me déranges pour rien !

A quoi Totosse répond, en ramenant son feutre sur ses yeux (il ne quitte pas son chapeau, même en classe) :

— Ça va, ça va, p'tit con, écrase !

Et la classe continue, si j'ose dire.

J'ai eu la visite d'une mère. Enfin ! J'en ai été ravie. J'ai toujours pensé que nous ne pouvons rien, nous les maîtres, sans les parents, que nous devons, avec eux, travailler la main dans la main pour accomplir l'œuvre de... etc.

Ah ! ben ouiche !

D'abord, elle ne m'a même pas saluée. En

brandissant un cahier, elle attaque tout de suite dans ce style (devant l'enfant) :

— Dites donc, qu'est-ce que vous avez mis sur le cahier de Boby ? Qu'il était un âne ? J'admets pas, vous entendez, j'admets pas qu'on le traite d'âne ! Pas pu vous qu'une autre ! A qui la faute si c'est un âne, hein ? A qui que c'est la faute ? Faudrait voir enfin aussi ! C'est vous qu'êtes l'institutrice ou quoi ?

— Mais, madame...

— Et surtout c'est pas des manières, ça, avec les enfants. On les traite d'ânes, et tout, et après i z'ont des complesques ! Ça donne des complesques, vous devriez savoir ça ! C'est vrai aussi à la fin ! Ça veut être institutrice et ça ne connaît même pas la psychologie « enfantile » ! Ça ne se documente même pas ! mais ça pense bien à aller chercher sa paye ! Aussi ! A la fin ! C'est un monde ça !

— Mais, madame...

— Passque moi, qui vous cause, madame, je lis les articles sur la psychologie « enfantile » ! Oui, madame ! Passque c'est mon devoir. (Elle se calme et devient didactique et protectrice.) C'est mon devoir de mère de me documenter. Faut vous documenter aussi ma petite (didactique, mais canaille). Faut pas se laisser encroûter, mon petit. L'éducation ça s'apprend. Y a des revues où qu'on vous esplique ! Moi je les lis, je me documente. J'vous en veux pas, vous êtes jeune, mais pensez c't'effet que ça lui fait, à ce petit, de s'entendre dire qu'il est un âne, hein ? Vous vous rendez compte ? Un complesque d'infériorité qui vous marque pour la vie !

» (Familière.) Faut pas, mon petit, faut pas faire ça ! J'en parlerai pas au directeur, mais faut pas ! On n'est plus dans le temps, quand même, on n'est plus au temps des esclaves !

Son fils me regarde d'un air apitoyé. Il pense : « Pauv' fille ! Al sait pas ! Al a d' l'instruction, d'accord, on peut pas lui retirer ça, mais a's'laisse encroûter dans les routines féodales ! On a tout de même pris la Bastille, primo ; on s'a libéré du joug nazi, deuzio, et on s'a dressé pour barrer la route au fachisme des généraux félons, troizio. Ah ! mais ! Faut pas confondre ! Et mes complesques ? Hein ? T'y penses pépée, à mes complesques ?... »

C'est tellement ridicule que je n'essaie même plus de placer un mot. Je regarde blablater cette mère d'élève avec laquelle je dois « collaborer »...

Elle est richement vêtue. Je veux dire « chèrement » vêtue. Elle est couverte de nylon, montée sur talons aiguilles, et il y a pour trois mille francs de coiffeur par semaine dans cette chevelure teinte en acajou. Chemisier vert, cardigan rose pâle sous lesquels on devine des dessous, noirs, bien entendu, à dentelle. Elle m'apprend qu'elle est coiffeuse et me parle du p'tit.

— I r'ssemble pas à sa sœur ! Ah ! non alors ! Faut dire qu'i'z'ont pas le même père. Celui du p'tit, c'est un incapable qui boit. Si j'vous racontais tout ! C'qu'i'm'a obligée de faire ! Celui de la p'tite, c'est autre chose ! C'est celui avec qui je vis maintenant. Je crois que j'ai enfin trouvé le bonheur, comme Ingride Berman. Lui, il est très instruit et y veut pas qu'on manque de respect à ses enfants. Il a raison, ça leur donne des complesques...

Le jeune garçon est toujours présent. Il écoute. Je lui dis :

— Va jouer avec tes camarades !

Il va décamper. Sa mère le rattrape :

— Tu pourrais au moins embrasser ta mère ? Alors ? Non ? J'vous jure ! C'est vrai aussi !

Elle l'embrasse et, geste automatique, essuie le rouge gras qu'elle a déposé sur la joue du gosse. Quand je dis « rouge », c'est pour faire comme tout le monde, mais cette pâte est franchement livide, comme l'exige la mode.

En l'embrassant, elle le retient un instant :

— Tu vois, ça y est, c'est réglé : ta maîtresse, a r'commencera pu !... T'es content ?

L'enfant détale. Elle rit :

— Ah ! ma pauvre demoiselle ! Les enfants ! Quelle histoire ! Je suis bien contente d'avoir bavardé avec vous ! C'est vrai aussi ! Nous les parents, faut pas perdre le contac avec les maîtres ! Pour l'éducation, ça facilite les choses ! Malheureusement, c'est le temps qui manque. Vous pensez ! dans ma profession ! Ainsi presque tous les soirs, je rentre à neuf heures, dix heures, je ne sais plus où j'en suis ! Je suis folle ! Ah ! notre époque ! On mène bien une vie de fou...

— Mais... Jusqu'à dix heures, dites-vous ? Mais que fait votre fils jusqu'à cette heure ?

— Oh ! il se débrouille très bien ! Il fait les courses, ouvre les boîtes de conserves... Et puis son père... enfin le père de... bref. Mon... « compagnon » rentre parfois avant moi...

Elle n'a pas perdu le contac. La maîtresse a' r'commencera pu. Le petit Boby est « content ». Il se débrouille bien jusqu'à dix heures du soir. Faut pas lui donner des complesques.

Voilà ce que c'est que l'éducation pour cette femme-là !

Mais quelle est cette pétaudière où je me suis fourrée ? Où est l'Education nationale ? Où est l'Instruction publique de mon père ? Où est le peuple lumineux, souverain ?

M'sieur Albert ! M'sieu Albert, au secours !

Je ne voudrais pas continuer mon histoire et entrer dans le vif du récit sans noter l'histoire de la Grande Ourse.

Arrivée à ce point de mon « expérience », je ne savais plus à qui me vouer. J'aurais voulu parler, parler à des gens qui m'eussent redonné mes illusions. J'ai cherché, par exemple, à entrer en relation avec une longue vieille fille maigre, assez réservée (on l'appelle « la Grande Ourse ») qui fait la maternelle. Elle accomplit sa tâche, semble-t-il, avec une grande conscience ; elle est simple et douce, guindée dans ses vêtements gris. Pudibonde, moustachue et apparemment insatisfaite, elle ressemble aux institutrices de la très ancienne école... C'est pourquoi j'ai voulu la joindre, ce qui est difficile car elle n'a pas les mêmes heures de « récré » et, en dehors des contacts professionnels, elle se défile avec une grande célérité.

J'ai réussi pourtant à monter dans la même voiture, dans le métro. Je lui ai posé des questions sur ses élèves. Elle a répondu de bonne grâce :

— Oh ! moi, je n'ai pas à me plaindre. Ils sont abrutis. J'ai la paix car presque tous dorment, les pauvres petits !

— Ils dorment ?

— Hélas ! oui : les barbituriques, les hypnotiques, les drogues !... Ils sont drogués !

— Mais qui leur donne ces drogues ?

— Qui voulez-vous que ce soit ? Les parents. Ou plutôt la mère. Exclusivement la mère.

— Mais pourquoi ?

— Mais pour avoir la paix. Un enfant, c'est gênant, ça remue, ça salit, ça empêche d'aller au cinéma, d'écouter la radio, de regarder la télé, surtout quand il est tenu éveillé précisément par cette télé, car le berceau est dans la même pièce... forcément, puisqu'on n'a qu'une pièce ! Et puis, si ça se met à pleurer la nuit, la mère ne peut pas se reposer, elle a les yeux battus le lendemain pour aller au bureau ou à l'atelier, elle est donc laide et n'a pas le rendement. Il faut donc que l'enfant dorme, et fiche la paix.

— Vous plaisantez ?

— Hélas ! non, ma pauvre enfant. Nos petits sont bourrés de barbituriques. La plupart sont

sous l'effet de ces drogues toute la journée,
jusqu'à l'âge de sept ou huit ans...

— Et après sept ou huit ans ?

— On lui en donne beaucoup moins, forcément.

— Comment : forcément ?

— Parce qu'on a besoin de lui : il peut aller
faire les courses, faire le ménage et « tenir l'intérieur » en attendant maman qui rentre tard.

— Et le père ?

— Le père, lui, serait plutôt contre ces pra-
tiques. On le dirait moins perméable au mensonge, au bluff scientifico-publicitaire. S'il
connaissait la quantité ahurissante de drogues
qu'absorbent ses enfants, il réagirait vivement,
ne serait-ce qu'à cause de la dépense. Mais il n'en
sait rien. La femme ne lui en parle jamais mais
les gosses sont intoxiqués...

— Je n'ose vous croire !

— Ne me croyez pas, ça m'est bien égal, mais
je vous dis, moi, qu'un petit sur deux, au moins,
a ses deux comprimés de Gardénal par jour.

La Grande Ourse, arrivée à son « change-
ment », s'est arrachée à notre magma immobile
pour se jeter dans un courant de voyageurs silen-
cieux et forcenés. Avant de disparaître dans les
sombres remous souterrains, elle m'a fait un
signe d'amitié très affectueux, qui l'a transfor-
mée.

J'aurais voulu lui parler de M'sieu Albert. Elle
doit bien le connaître.

N'osant en parler à mes collègues, c'est avec mes « petits », comme dirait la Grande Ourse, que je m'entretiens de M'sieu Albert.

— Alors, toujours gentil, M'sieur Albert ?

Tous les yeux, ou presque, se mettent à briller et je n'ai qu'à laisser parler mes loustics :

— M'sieu Albert a fait des piqûres à mon petit frère !

— Il joue bien au basket...

— Pas rien qu'au basket ; si tu le voyais boxer !...

Etc.

Une phrase pourtant attire mon attention :

— M'sieu Albert ? Il a mis un lit dans sa chambre pour mon cousin Hamadi.

Je pose habilement (?) quelques questions. Les réponses ne se font pas attendre : le cousin Hamadi est venu à Paris, du fond du Djurdjura, pour gagner beaucoup d'argent. Mais il n'a pas encore trouvé de place. Il devrait loger chez Ahmed, mais la maison d'Ahmed est toute petite, parce qu'il y a beaucoup de cousins pour dormir. Alors M'sieu Albert installe un lit dans sa chambre pour le cousin Hamadi.

Ce M'sieu Albert, qui écrit si bien, qui boxe si bien, qui joue si bien au basket et qui donne son lit aux Arabes, je voudrais le voir, lui parler. Peut-être pourrait-il, lui, donner réponse aux questions que je me pose fiévreusement.

Mais où est-il ?

Je ne sais comment je m'y prends, mais tout
coup Ahmed s'écrie :

— Ti veux voir M'sieu Albert, tu fians fic moi
à la mison.

J'irai. D'ailleurs, je veux voir le père d'Ahmed
dont les cahiers sont illisibles.

— Tu fians fic moi ! répète Ahmed qui
m'attend à la sortie du soir.

Il me précède en trottinant et nous voilà partis dans les rues. Et quelles rues ! Comment ces
gens qui sont venus des belles campagnes françaises peuvent-ils accepter de vivre dans ce paysage pénitentiaire fait de murs lépreux, de
ciment pisseux, de bicoques sans caractère ?

Sans caractère ? Oui, voilà ce qui m'écrase.
Comment font-ils, ces Creusois, ces Auvergnats,
ces Bretons, ces Berrichons, pour vivre dans ces
pièges à cancrelats ou, dans le cas d'immeubles
modernes, dans ces caisses uniformes ?

En vérité, bien des choses m'échappent dans
cette vie moderne concentrationnaire.

Comment fait-il, ce petit Kabyle, né dans un
douar du djebel Koufra, à dix kilomètres de Tizi-
Ouzou, dans la verdure des lauriers-roses au
bord du petit oued ? Comment font-ils ? Je me
demande comment ils font, mais moi ? Moi qui
ai quitté le petit village de Trézilly, perché sur ses
monts au-dessus des eaux claires du ruisseau,
moi qui ai perdu les horizons du Morvan et les
bois d'Arrière-Côte, comment fais-je ? Ne suis-
je pas déjà vaincue, bafouée, dévorée par le

monstre ? Et pourtant je suis venue ici pour lutter, à ma façon, contre cet abrutissement...

Nous avançons maintenant entre une palissade, boursouflée d'affiches squameuses comme un eczéma, vénéneuses comme des amanites, et des « immeubles », ces grandes casernes tristes, ces étagères où on « les » case pour la nuit.

On marche. Un cinéma. Ciment. Affiches encore et, dans le soir tombant, le néon en tube, qui tremblote. Ça pue le mauvais lieu, le vice piteux.

Quelques garages glacés, mais luxueux auprès de la demeure des hommes.

Ahmed trottine. Voici une palissade entre un de ces garages et un immeuble boiteux, en plâtre, soutenu, à la base, par les fusains chlorotiques d'un bistrot. Dans la palissade, à peine visible tant elle est recouverte d'affiches, une porte, avec un trou cuirassé d'une tôle perforée.

Ahmed frappe sur les planches en criant une phrase, en kabyle. Silence. Des trains, non loin, passent sur un raccordement perdu dans les tôles ondulées et les fils de fer barbelés. Ça pue la fuite de gaz et le papier pourri.

Ahmed frappe encore en criant le mot de passe. On entend un bruit de babouches traînées. Le judas s'ouvre. Deux yeux noirs. Ahmed parle, longuement. Je comprends « stitoutrice ». Il me présente, c'est certain, au personnage mystérieux dont on ne voit que les yeux et qui hésite, puis disparaît pour revenir, cette fois accompagné d'un autre personnage.

Un bruit bizarre. Je comprends qu'on déverrouille cette porte invisible. Ce déverrouillage est tellement long que l'on évoque le château fort, la prison, le repaire. La peur me prend, mais il est trop tard pour fuir. Le panneau s'efface et j'entre.

Il y a là un homme, un Nord-Africain, et une jeune fille, une Berbère, les cheveux serrés dans un foulard de soie qui fut jaune d'or. Quelques mèches frisées s'en échappent sur les joues. Au front, quelques points tatoués, bleus, sur la peau cireuse, entre de beaux yeux las. Elle peut avoir seize ans. C'est la grande sœur. Elle ne parle pas français. L'homme est un cousin, du même village. Il a un visage ridé et il a enroulé sur sa tête une serviette éponge à dessins jaunes et blancs.

Pour l'instant, il s'occupe de refermer la porte. Il l'embarre de deux lourdes cornières de fer, puis, à grand-peine, pousse devant le vantail une sorte de caisson de tôle d'acier où il se met à empiler des blocs de ciment, des moellons.

Ahmed explique sans doute que je suis la maîtresse et que je veux voir le père. Le père n'est pas encore rentré.

— Qui s'occupe des devoirs ? dis-je.

Ahmed rit. Personne ne s'occupe des devoirs... Eh ! kestuveu, ils comprennent pas le français !

Le cousin empile toujours des pierres dans le caisson. Je m'aperçois alors que toute la palissade est ainsi blindée et renforcée. La sœur a une attitude farouche. Je lui souris et elle tente de répondre à mon sourire.

Nous sommes dans un terrain vague, exigu,

l'herbe est usée par les piétinements et la pluie. Le sol est jonché de gamelles bosselées. Un lit-cage tordu perd ses ressorts. Au centre du terrain, une baraque Adrian[1] dont les fenêtres ont été condamnées, obstruées par des planches épaisses. Au début je pense que c'est par pauvreté, pour éviter d'acheter des vitres, mais il me vient à l'idée que c'est peut-être par prudence, car il est visible que ce repaire est un fortin. Fortifié contre quoi ? contre qui ? MNA[2] ? FLN[3] ? Que sais-je ?

Je tente d'expliquer à l'enfant, professionnellement, que les devoirs doivent être faits dans un endroit tranquille, réservé, si possible, mais j'interromps l'explication, car il saute aux yeux qu'on ne me comprend pas et, ayant jeté un coup d'œil, je m'aperçois qu'il y a de tout, dans cette turne, sauf une table.

Ahmed fait sans doute ses devoirs sur ses genoux. Je l'invite à me montrer comment il s'y prend. Il rit, étale son cahier sur le sol, se met à plat ventre et fait mine d'écrire. Il rit. La sœur rit. Le cousin kabyle rit, puis Ahmed se relève, s'assied en tailleur et fait mine de tracer un trait sur son cahier posé à terre, avec un crayon et une règle imaginaires, enfin il se relève et, au garde-à-vous, il fait le salut militaire et termine

---

1. Baraquement militaire provisoire.
2. Mouvement nationaliste algérien.
3. Front de libération nationale. Pendant la guerre d'Algérie, le MNA et le FLN se livrèrent en Algérie et en France à des luttes fratricides. Le FLN survécut au MNA.

par un geste qui signifie : « Voilà ! » Tout le monde rit, car c'est vraiment fait avec drôlerie. Ce qui est moins drôle, aux yeux de la « stitoutrice » pleine d'illusions, c'est qu'un élève fasse ses devoirs sans table ! Pauvres Arabes ! Je devais m'apercevoir, par la suite, que les Arabes ne sont pas les seuls à ne pas posséder de table. Plus tard, je devais voir, à Paris, des logements avec radio, télé, mais sans table. Dans la capitale dorée ! Et on réclame la modernisation des campagnes, ces lamentables campagnes sous-développées !

Je suis là, devant ces Arabes, incapable de communiquer autrement que par gestes avec ces gens que nous dorlotons, paraît-il, depuis cent trente ans. Moi qui croyais que tous ces Français parlaient français depuis longtemps et connaissaient les rudiments de notre culture ! (C'est du moins ce que laissait clairement entendre l'enseignement de M. et Mme Brion, à Trézilly-le-Château.)

Ah ! Trézilly-le-Château ! Aurais-tu été, à l'image de tous les villages français, une sorte de cellule hermétique où l'on aurait élevé, en vase clos, des âmes singulières, nourries de connaissances particulières et de pieux mensonges ?

Nous nous regardons donc en souriant gentiment, la sœur, le cousin, Ahmed et moi. Que puis-je dire à ces gens terrorisés, vivant dans ce dénuement ? Et pourquoi ce dénuement ? et pourquoi cette terreur ? Les esclaves de l'Anti-

quité connaissaient-ils une misère semblable ?
Et nous avons aboli l'esclavage !

J'éclaterais volontiers de rire en pensant aux
articles sérieux lus dans les journaux professionnels et dans *L'Ecole libératrice*, dans lesquels
des inspecteurs parlent savamment du mobilier scolaire, fonctionnel, rationnel et tout !
Qu'elle est étrange pour moi, maintenant, la
conférence pédagogique que vient nous faire,
tous les quinze jours, un inspecteur très sorbon-
nard (il est agrégé) ! Quel décalage ! Et même
quelle étanchéité entre les « classes sociales » !
Louis XV était-il plus éloigné du dernier de ses
manants ? Certainement pas. Mais il ne parlait
pas d'Instruction publique !

Toutes ces réflexions tournent dans ma tête
pendant que continue ce silence gêné qu'on
essaie de meubler avec de petits rires de bonne
volonté.

Je n'ai plus qu'à partir. J'essaie néanmoins de
transmettre à la gazelle farouche qu'est la grande
sœur des recommandations : surveiller si les
devoirs sont faits, si les leçons sont sues. C'est
idiot, je le sais, puisque cette fille ne sait ni lire
ni écrire et ne parle même pas le français. Je me
fais alors l'effet d'être aussi hypocrite que l'inspecteur.

Des hypocrites, oui, voilà ce que nous sommes
tous les deux !

Enfin, négligemment, je dis à Ahmed :

— Et M'sieu Albert ? Où est-il, monsieur
Albert ?

A ce nom, les yeux de la gazelle ont un éclat :
une paillette d'or s'est mise à briller, puis s'est
rapidement éteinte dans le velours brun de sa
prunelle. Le cousin a eu aussi un mouvement.
Ici, on connaît M'sieu Albert. C'est sûr.

2

M'SIEU ALBERT

Ahmed me prend par la main : « Ti fians fic
moi ! »

Déjà le cousin débloque l'étroite poterne, la
minable barbacane qu'on tient, je ne sais pourquoi, dans cet état d'alerte permanente. (Je le
devine d'ailleurs aisément, car j'ai beau ne
lire aucun journal, ce que mes collègues me
reprochent avec véhémence, je sais qu'il existe de
sombres histoires, entre l'AFN[1], la métropole,
l'OAS[2], etc.)

Je repars à la suite d'Ahmed, dans la rue. On
repasse devant le cinéma vénéneux, le garage
rutilant, les trois bistrots où clignote le cousin
néon. Voici un « hôtel à bicots ». Du linge sèche
aux fenêtres sur la rue. On suit un couloir. On
traverse une cour avec des flaques d'eau de les-

1. Afrique française du Nord.
2. Organisation de l'armée secrète.

sive. Un autre hôtel se cache, de honte, derrière le premier. Un deuxième couloir. Un escalier extérieur en bois. Des flots d'harmonie venant d'un poste qui sélectionne des airs d'accordéon pour les mélanger à la voix d'une goualeuse sélectionnée par un autre poste, tout cela dans un bouillon fadasse d'orchestre symphonique sécrété par un troisième poste, lointain et crachoteux. Autour de la cour, des petites cabines délabrées, W.-C. ou resserres ? dominées par le grand, le très grand, le très beau mur de ciment de l'usine, raide et aveugle comme la justice, et, à droite, un gazomètre monstrueux et délétère.

J'ai déjà vu des photos de prisons. C'est beaucoup mieux que ça.

Un homme descend l'escalier que nous montons. Ahmed me le désigne : « M'sieu Albert, le voilà ! »

M'sieu Albert est très grand. Il s'est arrêté une marche plus haut que moi et il me domine de quarante centimètres. Il s'en aperçoit, s'excuse gauchement et descend deux marches. Ses yeux sont alors au niveau des miens.

Ces yeux sont indescriptibles. Ce sont des puits. Oui, le puits du château de Trézilly : très profond et, lorsqu'on y jette quelque chose, on n'entend pas le bruit d'arrivée. Au fond, pourtant, brille une lueur : fraîcheur ? pureté ? mystère ? effroi ?

Son menton est carré et son maxillaire tellement décharné qu'on ne voit que lui. Sa bouche est un peu avancée, ferme, serrée. Il peut avoir vingt-huit ans.

Voilà donc ce monsieur Albert, cet écrivain public ! Quel homme ! N'aurais-je quitté Trézilly que pour le rencontrer que je n'aurais pas perdu mon temps. Quel homme avec ses épaules dures, très larges et très osseuses, sous un blouson gris qui recouvre un gros pull-over ! Je suis bouleversée.

— Monsieur, lui dis-je, je suis l'institutrice de Geschoum, de Lamora, d'Ahmed, de Ladoix, de Ben Hamou... Et je connais très bien votre écriture...

Il rit et me tend la main :

— Je connais tous ces gars-là. Ce sont de bons gars.

— Monsieur, je suis venue faire quelques visites aux parents des plus... des plus...

— Des plus déshérités ?

— Des plus mauvais élèves...

— Ce sont les mêmes.

— Ils m'ont tous parlé de vous et vous m'écrivez si souvent que j'ai voulu vous connaître.

— Ne restons pas là, mademoiselle. Entrez chez moi.

Il ouvre un petit cagibi, m'y entraîne. Allume l'électricité. C'est une toute petite pièce borgne. Il y a une petite armoire, quelques casseroles bizarres dont j'apprendrai que ce sont des trophées sportifs, des gants de boxe pendus à un clou, quelques ballons usagés dans un coin. Tout un côté de la pièce est occupé par une sorte de

bar en planches peintes et grossièrement ornées
de dessins maladroits.

M'sieu Albert me désigne un fauteuil. C'est un
siège étonnant mi-scout, mi-salon du bricolage.
Tout cela sent le moisi, la poussière et la pipe
froide. Ça sent (je viens de le trouver à l'instant)
le presbytère de Trézilly-le-Château ! A cette pensée, mon cœur se glace, comme si quelque chose
se cassait en moi.

M'sieu Albert, avec une certaine gaucherie,
avance un guéridon bancal et s'assied en face de
moi.

— Ahmed ! Alors ? dit-il à mi-voix.

Ahmed ouvre un placard, en sort des verres
ébréchés et se plante devant nous en riant. M'sieu
Albert lui montre du doigt la poussière qui les
recouvre. Ahmed prend un torchon douteux,
essuie les verres.

— Je suis très heureux de vous accueillir ici,
mademoiselle, dit l'homme. Ils m'ont aussi parlé
de vous et je vous en félicite... Si vous avez lu
mon écriture, c'est que les parents de ces jeunes
gens sont un peu... comment dire ?...

— Un peu négligents ?

— Négligents, oui, mais aussi ignorants, surmenés, hypertendus, submergés, noyés, délaissés, tout ce que vous voudrez !

Il me verse d'office du sirop de menthe et
Ahmed avance un pot d'eau, puis :

— C'est la première fois qu'un éducateur
d'Etat vient me voir. Qui vous a donné cette
idée ?

— J'ai été intriguée de voir cette même écriture sur le « mot d'excuse » de plusieurs de mes élèves. J'ai pensé à une fraude, une combine...

— Une combine ?

— Oui : un grand frère complaisant n'ayant pas compétence pour excuser les absences des enfants... J'ai pensé aussi à une officine... plus ou moins vénale... Qui sait ? Rien ne m'étonne plus !

Il a un geste.

— Vous avez l'accent bourguignon. Vous venez de province ?

— Oui, je faisais ma licence à Dijon, mais je suis paysanne.

— Licence de quoi ?

— Lettres.

— Nous sommes confrères, alors. Je suis agrégé de lettres, dit-il avec une simplicité que je ne puis croire spontanée.

J'ai le souffle coupé. Je cherche à prendre un air détaché :

— Vous êtes professeur ?

— Non.

Est-ce une simple curiosité ? Je veux en savoir davantage. Je veux tout savoir. Je me penche sur cet homme avec un grand mouvement de passion. Je veux savoir et j'ai peur de savoir, car cet homme, je l'aime, je le veux. Il est très beau. Plus exactement, je le trouve très beau. Il rayonne. C'est l'homme que j'attendais, l'homme de mes sens, l'homme de ma cervelle, l'homme de mon âme. Moi qui me croyais froide, aussi peu sensuelle, aussi peu amoureuse, aussi peu sentimentale que possible, je suis en feu.

Et j'ai peur que cet homme confirme ce que je pense depuis quelque temps déjà et me dise : « Je suis prêtre-ouvrier. » Car cet homme ne peut être qu'un prêtre-ouvrier[1], ou quelque chose de semblable, et je veux l'épouser, moi, Catherine Lorriot, modeste étudiante, fille de paysan, venue à Paris comme petite institutrice, par amour pour les enfants du peuple ! Oui, l'idée d'épouser, qui ne m'avait encore jamais effleurée, m'est venue dès que je l'ai vu. Pour la première fois, l'idée d'épouser est venue en moi devant ce blouson gris sous lequel pend peut-être la croix sacerdotale qui symbolise des vœux qu'un homme comme ça ne peut pas jeter aux orties.

Il me questionne maintenant : Pourquoi venir à Paris faire une licence alors que j'ai une très bonne université à Dijon ?

Je raconte alors : Mes parents cultivateurs, mon frère qui veut aller à la ville. Mon père qui veut le retenir à la terre. Mon frère qui exige alors, pour rester, qu'on modernise le domaine, le pauvre petit domaine de cinquante hectares.

1. Le mouvement des prêtres-ouvriers naît en 1943 sous l'impulsion de deux prêtres de la Jeunesse ouvrière catholique (JOC). En 1954, ce mouvement de « conquête chrétienne en milieu prolétaire » est condamné par Rome sur dénonciation venant de France : patronat, gouvernement, CFTC et surtout le mouvement d'Action catholique ouvrière. Après 1954, les prêtres-ouvriers se rangeront en « soumis » et « insoumis ». Le problème restera occulté pendant plus de dix ans. (*Les prêtres-ouvriers, naissance et fin*, Editions du Cerf, 1999.)

On achète un tracteur, un moteur, une camionnette, des remorques, une écrémeuse, une scie mécanique.

« On s'équipe » et, pour s'équiper, on emprunte, et les échéances, pour le remboursement, sont telles que tout menace de s'écrouler, car, faut-il le dire, les résultats d'exploitation ne sont pas tout à fait ceux qu'annonçaient les vendeurs de toutes ces machines.

On ne peut plus payer mes études. Bien mieux, on me demande de prêter « ma part », ma dot, et tout le reste, pour aider mon frère à « s'équiper ». Ce fameux équipement des campagnes françaises. Mon frère me promet de me rembourser, il m'explique que je fais même une excellente affaire... Il croit au progrès, à l'équipement ; en deux ans, il aura tout remboursé avec les intérêts. Les journaux, les techniciens le lui ont certifié. Les techniciens, ça ne peut pas mentir. La technique, l'équipement, ça ne peut pas mentir, c'est du placement or. Et voilà !

— Vous avez abandonné vos études pour être institutrice ?

— Je m'y remettrai. Pour l'instant : vivre d'abord... J'ai toujours eu un faible pour l'enseignement...

— C'est très bien, mais pourquoi avoir choisi l'enfer de Paris ?

— Je n'ai pas choisi l'enfer, je croyais que c'était le paradis, au contraire... Et puis il me fallait prendre une académie déficitaire.

— Si je ne me trompe, Dijon aussi est une académie déficitaire ?

— Oui... mais...

— Mais quoi ?

— Je voulais voir le peuple, le vrai peuple. En Bourgogne, à la campagne, ce qu'on nomme le peuple, ce sont ceux qui ont de petits moyens d'existence, mais parmi eux il y a surtout des dilettantes, des rêveurs, des poètes en somme, le petit jardin devant, le petit verger et le champ derrière... Je voulais voir le vrai peuple, le prolétaire...

Ses yeux se sont mis à briller :

— Vous aimez le peuple ?

— Il m'intéressait. Je croyais l'aimer.

— Déçue ?

— Oui. Comment ne pas l'être... Mais attendez, je n'ai qu'un mois de probature...

Il s'est mis à penser en silence :

— Vous avez raison, dit-il à mi-voix, le peuple c'est... (Il se reprend, et continue.) Vous avez raison, le peuple, c'est une victime. Comprenez-moi bien : victime, mais pas comme vous l'entendez... Victime à la fois de ceux qui l'exploitent et de ceux qui le flattent... Mais que vais-je dire là ?

Je tente le tout pour le tout. On va bien voir :

— Croyez-vous que le Christ, s'il avait connu ce genre de peuple, le peuple de l'usine, du bloc, aurait eu le même...

Il coupe :

— Que pensez-vous de vos enfants, de vos élèves ?

— Trop long à dire. Il me faudrait des mois et des mois pour vous expliquer...

— J'espère que ces mois et ces mois nous seront donnés pour que vous m'expliquiez. Après, après seulement, nous parlerons du Christ. Revenez me voir aussi souvent que vous voudrez...

Un homme est venu. Souliers fatigués, complet... très las. Genre petit démarcheur d'assurances qui dit qu'il est « dans les affaires ».

— Je suis le père du jeune Robert Michaux. Je suis divorcé d'avec ma femme et c'est elle qui a la garde de l'enfant. Je venais voir si Robert est bon élève... si vous avez des reproches à lui faire. Je le surveille, vous comprenez... mais il ne faut pas que sa mère le sache...

— Robert est nul en orthographe et faible en calcul. Il me semble très négligé à la maison.

— Je m'en doutais ! Vous pensez : sa mère vit avec un autre homme, alors !... Mais surtout ne dites pas à sa mère que je suis venu. Je voudrais que vous m'envoyiez ses notes et vos appréciations...

— Comment pensez-vous pouvoir intervenir dans la vie du petit ?

— Lorsqu'il vient chez moi le dimanche.

— Vous lui faites faire des devoirs ?

— Autant que je peux, mais vous savez, je ne voudrais pas que la visite à son père représente pour lui une corvée, un pensum... C'est délicat.

Alors je l'emmène au cinéma et j'essaie de le distraire d'une façon instructive.

— Vous vivez seul ?

— Euh... non... oui... enfin, en principe. Voilà mon adresse : Michaux, hôtel Chevallier, Saint-Denis. C'est là que vous pouvez m'écrire, je vous rembourserai les frais.

— Si vous avez remarqué que votre femme... que la mère de votre fils ne fait pas ce qu'il faut, il y a des moyens judiciaires... mais parlez-en à l'assistante sociale...

— Euh... Je ne dis pas qu'elle ne fait pas ce qu'il faut, mais je surveille mon enfant, vous comprenez ? C'est mon devoir de père. Je ne voudrais pas que... Enfin, si vous remarquez quelque chose...

— Comptez sur moi, monsieur, je vous préviendrai.

Il part. Aussitôt sur le trottoir, il allume une cigarette, monte dans sa voiture, ouvre le poste de radio et démarre en grand champion. Il a la conscience tranquille. Il surveille son enfant.

Non sans naïveté, sans doute, je pense que toute cette misère intellectuelle, spirituelle, morale et mentale est la conséquence de la misère matérielle. Mon devoir est d'en connaître l'étendue et la profondeur. Je ferai, discrètement, une enquête sur mes élèves. J'irai voir, même au prix de la pire fatigue et des plus grossières rebuffades, chaque famille. Je ne sais trop comment m'y prendre.

Je vais chez M'sieu Albert pour lui demander conseil. Toujours la même joie de revoir son visage, son regard. Lui-même semble assez intimidé par cette deuxième visite. Il sourit lorsque je lui explique mes intentions ; chose curieuse, il n'approuve pas totalement :

— J'ai fait cela aussi. Je le fais encore assez souvent...

— Vous le faites constamment puisque vous vivez... volontairement parmi eux... Je suppose que c'est pour ça.

— Sans doute, oui, mais ce... travail n'est pas pour vous. Vous n'êtes pas préparée aux épreuves qui vous attendent. Et puis, voyez-vous, s'il vous arrivait quelque chose, vous n'auriez aucun recours... Je veux dire que, dépassant les limites de vos attributions professionnelles...

Il hésite, semble gêné.

— Et vous, lui dis-je, hésitez-vous à dépasser la limite, comme vous dites ?

— Ce n'est pas la même chose.

Il me déconseille de me rendre chez mes élèves et cela me vexe un peu. J'insiste, et plus j'insiste, plus il se raidit dans cette attitude.

— Ce travail n'est pas pour vous, dit-il, c'est dangereux.

Puis nous parlons de choses et d'autres, et je décide d'agir seule.

C'est Pardieu qui m'en fournit l'occasion : Pardieu, aujourd'hui, ne sait pas sa leçon. Il ne sait *jamais* ses leçons, ne suit pas, ne s'intéresse pas à la classe, passe son temps à faire circuler des photos, des images tantôt enfantines, tantôt pornographiques, en un mélange curieux. Aujourd'hui, il a glissé quelque chose à son voisin.

— Pardieu, apporte-moi ça !

Son visage s'éclaire d'une joie qu'il ne cherche pas à dissimuler. Il bondit et m'apporte une liasse de photos, en disant : « Ben quoi, c'est des photos de starlettes ! »

Ce sont, en réalité, des photos de femmes très déshabillées, voire même à peu près nues, des femmes de très mauvais goût, dans des positions suggestives, des femmes de lupanars, aux lèvres enduites de rouge gras et brillant, fardées outrageusement, les jambes sanglées dans des bas en filet noir, les bouts de sein butinés par des papillons en clinquant.

J'y ai jeté un coup d'œil et Pardieu jubile. Les autres ricanent. C'est ce qu'il voulait. Peut-être même se rengorgerait-il si je rougissais. Je ne rougirai donc pas. Je resterai impassible, indifférente, si possible. Quelle figure pourrais-je faire pour arrêter net ce petit complot et profiter de l'occasion pour intervenir utilement dans l'éducation de ces chers petits, et leur apprendre simplement, et comme il se doit, le respect de la femme ?

Je choisis la solution, peut-être idiote, de regarder franchement les photos et, faisant la moue :

— Tu les trouves belles, ces filles-là ?

— Boh ! Pour faire l'amour, ça suffit ! répond Pardieu, qui a onze ans.

Je m'efforce de ne pas sourciller et, un peu perdue, j'insiste. Surtout pour ne pas perdre pied et avoir le dernier mot.

— Ça te ferait plaisir de voir ta maman habillée et peinturlurée comme ça ?

Des rires fusent d'un peu partout dont je comprendrai le sens féroce un peu plus tard, et Pardieu, cynique, répond du tac au tac, en érigeant son petit doigt :

— Pas de danger qu'a s'fout' à poil ! Al a des cannes comme ça !

Tout le monde se tape sur les cuisses. Je ne sais plus où me fourrer. Je prends un air sévère :

— J'irai voir ta mère ce soir à cinq heures !

Il gouaille avec calme :

— A cinq heures ? Y a que moi à la taule !

— A quelle heure puis-je voir ta mère ou ton père ?

— Mon père rentre « des fois » à huit heures, ma mère à huit heures et demie.

— Tu es seul à la maison à huit heures et tu n'as pas le temps d'apprendre tes leçons ?

— Ben... et la tambouille alors, kik'c'est qui la ferait ? Et les traînantes ?

— Les traînantes ?

— Les courses, quoi. Je vais chercher la miche, le kill, les sardoches et tout, quoi !

A huit heures, je croisais donc au coin de la rue Jaurès où habite Pardieu. Je ne savais trop quelle contenance prendre mais, tout à coup, je me suis trouvée nez à nez avec Tossus. M'avait-il suivie ? Il a eu pourtant un air surpris et gêné. Il a feint de croire que j'attendais quelqu'un, puis il a pris un petit air fin pour dire :

— Tiens, vous habitez donc le quartier ?

— Non, je venais voir les parents d'un de mes élèves.

— Diable ! Quelle conscience professionnelle !

Je lui ai raconté la chose. Il avait l'air exalté :

— Vous êtes une fille épatante. Ce métier-là vous plaît vraiment ?

— Je ne peux pas encore vous dire. Je suis encore étourdie, étonnée, choquée, mais il est bien possible que je me passionne vraiment un jour !

Il m'a regardée avec, m'a-t-il semblé, une grande admiration.

— Je reste avec vous, s'est-il écrié. Je serais curieux d'avoir vos impressions sur cette entrevue... Et même, si j'osais... (il a hésité, puis :) Je vous demanderais de me permettre de vous accompagner chez Pardieu... Après tout, vous allez peut-être entrer dans un bouge. Ce petit Pardieu ne me dit rien de bon, c'est un petit proxénète...

— Oh... proxénète !

— Oui, oui, il vend les photos de sa sœur à ses camarades.

Dans un sens je ne me suis pas repentie d'avoir emmené avec moi le vieux camarade Tossus, non pas que nous ayons été reçus dans un bouge, au sens propre du mot, mais pour d'autres raisons que je ne soupçonnais même pas.

Il était vingt heures trente quand nous nous sommes présentés chez Pardieu. Ni le père, ni la mère n'étaient là. Seul, le grand frère, un franc blouson noir, portant effectivement un blouson en cuir noir, un blue-jean et des souliers pointus à hauts talons, était étendu sur un divan-lit et, les yeux clos, même pour nous recevoir, fumait des cigarettes. Il continua et nous informa que son père était à l'apéritif et que sa mère ne tarderait pas.

Intérieur vide. Presque pas de meubles : le lit-divan, un lit-cage fermé, une table, quatre chaises, une sellette sur laquelle le poste de télévision dispense pour rien et pour personne ses images. Un poste de radio et un Frigidaire.

La mère arrive enfin, essoufflée d'avoir monté ses cinq étages. Elle ne justifie pas le dédain de son fils cadet. Elle n'a pas de très belles « cannes », d'accord, ses seins sont franchement fatigués, elle est ravagée, comme on dit. Elle a la tête d'une femme qui fume, qui se couche à minuit et mange mal, dans une cantine d'établissement, sans doute, mais ce pourrait être une femme touchante.

Hélas ! que de fanfreluches, que de couleurs, depuis ses cheveux teints en violet vif jusqu'aux ongles métallisés, même ceux des pieds (on les voit briller à travers les bas de nylon, dans ses escarpins chancelants et décolletés qui ne

feraient pas dix mètres dans un chemin de Trézilly). Comment une femme qui peine peut-elle
avoir l'idée d'acheter de telles chaussures ? La
moitié de sa fatigue vient de là, c'est sûr. Elle se
hâte de les enlever, d'ailleurs, devant nous, en
poussant les soupirs que devaient émettre les pri-
sonniers à qui on retirait le carcan.

Elle marchera sur ses bas transparents pendant tout l'entretien. Elle sort de son sac un
paquet de cigarettes, nous en offre machinalement, en prend une qu'elle rougit en la tétant
avant de l'allumer à la flamme d'un briquet de
nacre synthétique incrusté de clinquant. Elle
toussote et se jette sur le divan que le blouson
noir vient de quitter ; elle retrousse sa jupe et
nous montre ses cuisses maigres avec l'incons-
cience que donne la grande fatigue... ou la
débauche. Il est bien évident que les starlettes
qui me semblent, à moi, si répugnantes sur les
images, sont délicieuses et très convenables com-
parées à cette femme qui est la mère, oui, la mère
du petit Jean Pardieu. Cette mère, bien que
pitoyable, m'incite à beaucoup d'indulgence
pour le fils.

Elle parle :

Elle rentre de son travail et elle est très lasse.
Dix heures debout. Elle ne déjeune que d'un café-
crème et d'un croissant à midi. Elle n'a pas le
temps, et même si elle avait le temps, elle ne
mangerait pas plus à midi, car elle « n'a pas
faim ». Une tasse de café le matin, un café-crème
et deux croissants à midi. C'est tout ce qu'elle

peut manger. Pas faim. Et puis elle fume trop.
Elle le sait, mais c'est son seul plaisir, sa « seule
rilaxe », dit-elle.

Bref : une Parisienne.

Elle est flattée de recevoir chez elle « mame la
maîtresse », mais elle en est très étonnée. C'est
la première fois que des maîtres se déplacent
pour un Pardieu et elle se demande bien pourquoi subitement l'école s'intéresse à l'un d'eux !

Je commence par les leçons pas sues, les
devoirs pas faits, etc.

— Madame, vous comprenez, dit-elle, moi les
leçons, les devoirs, je peux pas m'en occuper.
D'abord, je croyais qu'on avait supprimé les
leçons et les devoirs, et puis voyez la vie que je
mène ! Faut pas compter sur le père, il a aussi
son travail, et puis il s'en fout, des devoirs ! Moi,
je ne demanderais pas mieux, mais faut que je
travaille. Comment voulez-vous... la misère... la
vie chère et tout. Je rentre à huit heures et demie
tous les soirs. C'est le petit qui fait les courses,
qui prépare la table, fait la cuisine... Bien sûr, il
traîne dans la rue... Ah ! si j'étais là... mais pas
possible, pensez, le père ne gagne que quatre-
vingt-dix mille francs par mois !... Il est décolleteur, pensez...

En effet, je pense. Je pense que le père décolleteur gagne presque le double de ma paye d'institutrice stagiaire, et Tossus commence à s'agiter,
il va prendre la parole, je le sens, pour le dire à
cette femme qui continue sans se rendre compte
de la sottise de ses paroles...

Elle gagne, elle, seulement cinquante mille !
(Deux mille de plus que moi.) Et le fils blouson
noir ne gagne que vingt-neuf mille francs, car il
n'a que dix-huit ans...

Je fais le calcul : voilà une famille de quatre
personnes qui vit dans la misère dans un logement nu et froid où il entre pourtant cent
soixante-dix mille francs par mois. Alors que
l'instituteur de Trézilly, avec sa seule paye de
soixante-dix mille francs par mois, vit heureux,
digne et souriant. Quant à ses deux enfants, c'est
autre chose que ces petits voyous... Mais me
voilà partie encore dans des comparaisons
oiseuses qu'il ne faut pas faire.

La mère se tourne vers le grand blouson noir
et, dans un vomissement de fumée savamment
exhalée par le nez et la bouche, selon les
meilleures formules d'Hollywood, lui dit :

— Toi, Raoul, tu devrais t'occuper de ton petit
frère, tu es là quand il rentre, tu devrais...

J'appuie :

— Oui, vous devriez aider ce petit frère, ne pas
le laisser traîner dans la rue... et pour les
devoirs...

Il se lève :

— Oh didon, vous me cassez les bras, hein ! ça
suffit comme ça ! Faudrait aussi lui torcher les
fesses peut-être, hein ? Oh didon !

Il sort en jetant son mégot. Il doit être content,
il vient de tourner une bonne scène.

La mère se met à pleurer :

— Ah, mame l'institutrice, la jeunesse d'aujourd'hui !...

Elle se demande pourquoi la jeunesse d'aujourd'hui est comme ça.

Là-dessus je parle des photos de femmes nues, même plus que nues. Elle ne comprend pas. Elle fronce les sourcils. A ce moment, mon élève, Jean Pardieu, entre, traînant deux sacs à provisions, ou tout au moins ce qu'on appelle « provisions » à Paris : lait condensé, boîtes de conserves, potage tout préparé, dessert-minute, etc.

Sa mère l'interpelle :

— T'étais encore au café ? (A nous :) Ils écoutent des disques au café. (A lui :) Qu'est-ce que c'est que cette histoire de femmes nues ?

Jean Pardieu est étonné : des femmes nues ? Puis, tout à coup, sa figure s'éclaire, il rigole franchement et tire de sa poche une poignée de starlettes. Des starlettes à gogo. Il les pose sur la table. La mère en prend une, deux, une poignée, me les montre :

— Ça, mame l'institutrice ? Mais c'est le chocolat !

— Quel chocolat ?

— C'est les primes... dans les paquets de chocolat !

On me montre alors en riant une petite tablette de chocolat enveloppée d'un papier multicolore. C'est du chocolat « STAK », qui, comme son nom l'indique très loyalement, donne en prime un superbe cadeau : des photos d'« artistes ». On

développe devant moi la tablette et on sort triom-
phalement une photo représentant une femme
nue, à quatre pattes, les fesses en premier plan,
les cuisses écartées, portant toutefois un slip
minuscule en lamé noir sur lequel se détache, en
blanc, un chat. La tête de la femme apparaît sur
le côté, mutine, les lèvres humides entrouvertes,
cheveux platine en accroche-cœur... Un sein
s'échappe en biais, pudiquement.

— C'est la prime ! triomphe la femme, ingénu-
ment. C'est la prime ! Jeannot en fait collection,
alors il en fait l'échange avec ses petits camarades !...

Et quand la collection est complète, ce qui,
paraît-il, est le fruit de laborieuses recherches,
on peut gagner un poste de télévision !

Machinalement, je jette un coup d'œil sur le
petit écran où les images continuent à défiler vainement pendant que nous parlons. La voix du
speaker continue aussi à doubler, si j'ose dire,
notre conversation.

J'ouvre une parenthèse pour dire que sur ce
petit écran se déroule, précisément à cet instant,
une scène très curieuse qui me fascine, non pour
l'intérêt qu'elle présente, et qui est grand, mais
pour la lumière qu'elle projette sur la vie de cette
« famille », si on peut appeler ainsi ces gens qui
ne se voient jamais et semblent se désintéresser
les uns des autres. Des gens sont, en effet, sur cet
écran familial, en train de parler... de quoi ? Ah
vraiment ! c'est un hasard extraordinaire : de la
prostitution.

Oui, mon père, oui ma mère, très sérieusement, très doctoralement, très radiophoni-
quement, des messieurs qui ont l'air d'en
connaître un bout sur la question, comme dirait
Jean Pardieu, scrutent, fouillent, palpent, aus-
cultent la prostitution à l'intention des familles.
Pourquoi le hasard a-t-il voulu que justement ce
soir-là ces gens, pleins de bonnes intentions, par-
lassent de cela et en vinssent précisément à cette
conclusion, implicitement bien entendu, que la
prostitution est, en définitive, un excellent métier
puisqu'il ressort très clairement des interviews,
y compris celle d'un ecclésiastique, que les
« femmes » peuvent « se faire dans les vingt mille
ou trente mille PAR JOUR » ?

J'en suis encore abasourdie que Mme Pardieu
rit toujours de ma surprise au sujet du chocolat.

J'ai belle mine ! Je demande :

— Quel est ce chocolat ?

— C'est du STAK.

Tossus prend le paquet et lit : « Fabriqué à
Amsterdam ». Vertueuse Hollande !

— Où vend-on ce chocolat ? Où as-tu acheté
ça ?

— Ben... à la coopérative des élèves.

Je bats en retraite. Tossus sauve la face en
disant, très grave :

— Nous allons voir ça ! C'est inadmissible !

C'est ce moment-là que le père choisit pour
faire son entrée et la pièce se trouve tout aussitôt embaumée par le parfum du Pernod. On va
dire que je tire au noir le tableau, que je trahis

ma classe sociale, que je suis tendancieuse en me faisant l'écho de la campagne patronale qu'est l'antialcoolisme, qui vise à prouver que si les salaires sont insuffisants, c'est parce que le gros rouge et l'apéritif sont excessifs. Tant pis, je dis ce qui est.

D'ailleurs, cet homme n'est pas ivre, ni même éméché, ni même congestionné. Au contraire, il est pâle, à quoi on reconnaît, paraît-il, le vrai alcoolique, mais il ressemble à neuf Parisiens sur dix. Dois-je en conclure que neuf Parisiens sur dix sont alcooliques ? Je ne le pense pas.

Il ne comprend pas tout d'abord le but de notre visite. Il croit qu'on vient l'assurer « sur la vie ». On lui explique une deuxième fois, et alors il croit qu'on vient lui vendre du chocolat. On lui explique une troisième fois et il comprend que la maîtresse du petit est venue à la maison pour solliciter des leçons particulières. Il s'emporte :

— C't' un monde ça ! On les paye, les institu-teurs, on les paye (il prononce « on les peille ») pour faire leur boulot, s'pas, et y viennent encore mendier ! C'est vrai aussi, voilà une femme, vous, madame, pardon excuses, mais voilà une femme qui est grassement payée pour instruire nos mouflets, s'pas ? et « a » voudrait encore qu'on fasse faire des devoirs et tout ! C'est vot' boulot, ça, c'est vot' boulot, c'est pas le mien. Moi, je peille des impôts, s'pas ? J'suis pas instituteur, moi, j'suis décolleteur, alors faites vot' boulot, pardon excuses madame, mais vous me comprenez, faites vot' boulot ! Vous êtes grassement payés pour ça...

— Je gagne à peine cinquante mille francs par mois, monsieur, et vous plus de quatre-vingt-dix mille ! Sans parler des allocations familiales !

Cette différence semble lui faire découvrir un horizon ensoleillé et radieux, pourtant il n'ose y croire :

— Non ?... Racontez ça à d'autres ! Cinquante mille ?... Faut pas me la faire !

— Voulez-vous voir ma feuille de paye ?

— Alors vous êtes pas une vraie institutrice... Enfin, je veux dire : vous n'avez pas les diplômes...

— Si je ne les avais pas, je ne serais pas institutrice.

Il se gratte la tête, bon enfant, un peu supérieur :

— Evidemment... pour ce prix-là... Ah didon... pas cinquante mille à un instituteur !... Ça alors !... Ah didon ! A quoi qu'il pense le gouvernement ? (Protecteur :) Vaudrait mieux faire des ménages, ma p'tite... Voyez ma femme, al a pas son certificat d'études... A s'fait dans les cinquante-deux mille... Vous devriez... Asseyez-vous, vous boirez bien un verre...

Tossus, depuis un moment, bout d'impatience. Il interrompt :

— Nous ne sommes pas là pour ça, monsieur Pardieu. Nous sommes là, sur l'initiative de Mlle Lorriot, qui prend son rôle au sérieux bien qu'elle ne gagne que cinquante mille francs par

mois, pour discuter d'une affaire sérieuse : la for-
mation morale, civique et intellectuelle de votre
fils. C'est notre boulot, comme vous dites, mais
aussi le vôtre. Surtout le vôtre. Nous ne l'avons
que six heures en main, le reste du temps c'est à
vous de vous en occuper, or je constate que vous
rentrez à huit heures et demie, la maman à huit
heures. Que fait l'enfant depuis la sortie de la
classe ?

— Allez donc dire à mon patron qu'il me lâche
à cinq heures du soir pour m'occuper du gosse,
vous verrez ce qu'il vous dira...

— Mme Pardieu pourrait peut-être, elle, rester à la maison pour ça ! Pensez que vous gagnez
en somme une paye qui le lui permettrait...

— Oh, jeune homme, doucement... Je suis
libre, hein ? S'pas ? Je suis libre et ça, ça ne vous
regarde pas, hein ? Compris ? Et si vous n'êtes
pas content, hein, je peux encore aller voir mon
député, hein ? Et vous sauterez ! Compris ?
Hein ? On n'est pas chez les nazis, on est libre en
France ! Compris ?

L'homme s'approche de Tossus et le prend par
le revers de son petit veston :

— ... Faut pas oublier, mon bonhomme, que le
secrétaire de mairie qui s'occupe des écoles, c'est
un pote à moi... et il n'aime pas les petits instituteurs rétrogrades !... Et d'abord sortez tous les
deux !

La femme, étendue sur le divan, réagit molle-
ment :

— Georges, sois correct !

— Toi la paix, hein ! Je m'occupe pas de tes oignons, ni de tes michets, alors boucle-la ! Avec ton mignard, tu commences à me courir... Compris ?... Allez, vous deux, sortez... J'irai à la mairie demain... On verra ça !

Nous sortons.

Il est midi et demi. Je viens de surveiller la cantine (sur quarante-huit élèves, cinq seulement prennent leurs repas à la maison, ceux dont la mère « ne travaille pas ») et je suis occupée à corriger les cahiers.

Je suis distraite de mon travail par plusieurs petits sifflements, du genre de ceux qu'utilisent les voyous pour attirer l'attention des filles.

— Pstt... Chérie !... Pstt !... Coucou ! Chérie !...

Un silence, puis encore :

— Chérie... Pstt !...

Ce sont des voix de grands garçonnets. Sans doute quelques-uns de nos grands élèves qui, à leur habitude, hèlent les filles qui passent sur le trottoir. C'est inadmissible et je vais intervenir... Mais après tout, ce n'est pas moi qui surveille la « récré ». Que mes collègues se débrouillent. Je continue à corriger mes cahiers.

Ça recommence, tout près de moi :

— Chérie... Pstt !...

Je lève les yeux : trois élèves du cours moyen sont assis sur le rebord de ma fenêtre, ils me regardent et c'est moi qu'ils sifflent. Oui, c'est moi, l'institutrice, qu'ils interpellent de cette façon. Je bondis :

— Descendez !... Venez ici !

Ils ricanent sans bouger.

— Descendez et venez vous asseoir ici !

Ils s'exécutent en riant et en se donnant des bourrades, très à l'aise. Ma fureur ne fait qu'accroître leur hilarité. L'un a quatorze ans, les deux autres treize.

Ils sont maintenant là dans ma classe, les mains dans les poches.

— Asseyez-vous. Toi ici, toi là, et toi, le grand imbécile, au premier rang !

Je leur donne à chacun du papier, un crayon et je dicte :

— Conjuguez à tous les temps le verbe « être grossier et impoli ».

Le grand se lève, très calme, et se dirige vers la porte, les autres flottent, hésitants, puis finalement font mine de le suivre :

— Où allez-vous ?

— Dans la cour...

— Je vous ordonne de vous asseoir ici et de faire cette punition !

— Vous n'avez pas le droit. La récré, c'est à nous, c'est pas à vous, répond le plus grand.

Je l'empoigne par le bras. D'un revers il me fait lâcher prise, d'une façon tellement violente que je trébuche.

— ... S'avez pas le droit, vous entendez, pas le droit de nous retirer la récréation ! C'est la loi !

Que faire ? Je ne veux pas céder, car mes

élèves, attroupés, nous regardent à travers la ver-
rière et par la porte entrouverte.

Je brusque les choses et je tente de l'asseoir de
force. Il résiste, gigote ; d'un tour de rein il me
fait lâcher prise, prend de la distance et, l'index
pointé vers moi :

— Si vous me touchez, mon père ira trouver
quelqu'un !

Ma première expérience et l'histoire de Tossus
m'incitent à la prudence. L'élève avance, il
s'approche de moi, le bras replié devant le visage
comme un boxeur en garde. Les deux autres sont
plutôt terrorisés maintenant et l'un d'eux, s'étant
assis, se met à écrire. Il doit faire sa punition
mais le grand s'approche toujours de moi, menaçant.

C'est alors que la porte s'ouvre violemment :
Tossus pâle, les yeux terribles, vient d'entrer. Il
prend le jeune garçon par le fond de la culotte et
par le col et le pousse violemment dehors. Arrivé
dans la cour, il le calotte d'un bon aller et retour
et, d'un coup de pied au derrière, le projette sur
le marronnier.

Il revient vers moi, bouleversé :

— Vous a-t-il fait mal ?... Etes-vous blessée ?

Le pauvre homme est très agité. Il me prend
gauchement par le bras, veut m'asseoir sur ma
chaise. Il s'imagine que je suis mourante. Il est
touchant.

— Merci, monsieur Tossus. Vous venez de
faire ce que j'aurais voulu faire moi-même, mais
ce garçon était trop fort pour moi !

Il bredouille puis il sort de la classe et, dans la cour, se met à la recherche du jeune voyou qui reste introuvable.

Au bout d'un moment, Tossus revient, l'air gêné, en regardant le bout de ses souliers, il parle :

— Mademoiselle Lorriot, j'ai à vous entretenir... Vous allez dire que je me mêle de ce qui ne me regarde pas... Tant pis... L'autre jour, je vous ai rencontrée à temps pour vous empêcher d'aller seule chez Pardieu. J'ai appris ensuite que vous étiez allée seule chez Ahmed... Vous êtes très consciencieuse et vous prenez votre métier à cœur. C'est très bien, mais vous allez dans des endroits dangereux, dans des taudis, dans de véritables bouges... Car, il faut bien le dire, vos enquêtes, c'est normal, vous conduisent chez les plus douteux. Vos cinq bons élèves n'ont pas besoin de vos visites. Ce sont cinq bons élèves qui retrouvent une maman à la maison. Vous, vous voulez aller au cœur du mal. Je vous en félicite, mais voyez dans quelle situation vous pouvez vous mettre ! Il faut que je vous le dise : n'allez pas seule chez n'importe qui. Et puis dites-vous bien que vos démarches ne changeront pas la face des choses... ma pauvre petite ! Tout ce que vous déplorez est le résultat de la marche inexorable de ce que certains appellent le « progrès industriel ». C'est un phénomène irréversible... ce n'est pas vous qui y changerez quelque chose...

» Quoi qu'il en soit, je vous répète ce que je vous ai déjà dit : je suis à votre disposition... Je

suis assez robuste, je connais mieux la vie que
vous... et...

Il s'est mis à sourire :

— ... et j'aime aussi mon métier d'éducateur...

Que répondre ? Il a raison. J'avoue que j'ai eu
peur en entrant dans le bordj berbère. J'ai eu
peur aussi chez Pardieu. Un autre genre de peur.
Tossus continue :

— ... L'autre jour encore, deux jeunes filles ont
disparu dans ce quartier et le commissaire a prétendu qu'il en disparaissait ainsi des milliers en
une année à Paris... Promettez-moi de ne plus
vous aventurer seule...

Là-dessus nous sommes allés chez le directeur
pour l'informer de la disparition de l'élève. Le
directeur était en train de faire la comptabilité
de la cantine mais, devant la gravité de l'événement, il a planté là ses comptes et a manifesté
quelque humeur. Nous étions occupés à organiser les recherches (le concierge avait vu l'élève
s'enfuir mais n'avait pu le rattraper) lorsqu'un
homme est entré dans le bureau sans frapper.

— Le directeur ? a-t-il hurlé.

— C'est moi.

— Mon fils vient d'être frappé sauvagement !

Tossus s'est avancé en disant :

— Vous voulez parler de Ducret.

— Oui, c'est mon fils, et je ne permets pas...

— Je l'ai corrigé car il menaçait de frapper
mademoiselle.

— Ainsi c'est vous qui l'avez frappé ?

— Oui c'est moi, et voici dans quelles circonstances...

L'homme s'est approché, a décoché un violent coup de poing à la mâchoire de Tossus qui est tombé, knock-out. L'homme est sorti en disant :

— Voilà comment je traite ceux qui brutalisent les enfants !

Et il a disparu.

Le directeur n'a même pas eu le temps de réagir. Il est resté debout près de Tossus, étendu, qui revient à lui.

Lorsque Tossus est remis, le directeur pique une colère :

— Voilà les ennuis qui recommencent ! Je vous l'avais bien dit... Je vous avais interdit de les frapper...

— Monsieur le directeur, Mlle Lorriot était menacée.

— En êtes-vous sûr ?

Nous restons médusés. Le directeur reprend et demande :

— Avez-vous des traces de coups ?

— L'élève n'a pas frappé, il menaçait !

— Il fallait attendre qu'il l'eût fait. A l'heure qu'il est, soyez certain qu'il est chez le médecin...

— Mais le médecin ne peut faire un constat, dans ces conditions, sur un enfant qui se bat toute la journée avec ses camarades !

— Le médecin qu'il va trouver fera le constat, croyez-moi !

— Mais les témoins ?

— Ils en trouveront, vous le savez bien.

Je m'écrie :

— Mais c'est affreux !

— Oui, mademoiselle, c'est affreux, mais c'est ainsi !

Tossus, qui ne se fait pourtant pas d'illusions, joue les jeunes premiers :

— Je ne pouvais tout de même pas laisser injurier et brutaliser une jeune femme... Et puis, nous aussi, nous avons nos témoins... Laroux a vu la scène, certainement ! (Laroux est l'homme de service. Il balayait le préau au moment de l'incident.)

Le directeur sourit amèrement :

— Laroux n'a rien vu. Laroux connaît la chanson, et vous le savez. Laroux sait que l'homme qui est venu vous frapper est... au mieux avec... Le Massut, de la mairie, et Laroux a été mis en place ici par Le Massut...

— Monsieur le directeur, coupe Tossus, j'ai agi en homme et en éducateur. Je n'ai rien à me reprocher. Vous, vous agissez en lâche et en fonctionnaire habile, vous n'êtes ni un homme ni un éducateur...

— Tossus !

— ... Je prends toute la responsabilité de mon geste... Vous irez en retraite sans histoire, vous planterez vos salades... vous toucherez votre pension... et vous aurez bien raison... mais à ma place vous auriez fait comme moi, je suppose...

Il sort.

J'ai revu M'sieu Albert.

J'ai pris prétexte d'une nouvelle déception. (Vais-je passer ma vie à raconter des déceptions ?) En deux mots, voici l'affaire. L'équipement audiovisuel de l'école s'est prodigieusement enrichi. L'école publique, qui n'a ni cour de récréation suffisante, ni assez d'instituteurs, ni assez de locaux, tant s'en faut, « touche » un cinéma scolaire et des films... Inutile d'essayer de le justifier. Il suffit de faire la classe une semaine à mes élèves pour admettre qu'une seule chose manquait vraiment à leur éducation et à leur instruction : l'équipement audiovisuel, ça saute aux yeux.

N'osant encore remplacer ma leçon d'histoire par des projections, je me suis contentée d'appuyer mon enseignement verbal par un film que j'ai présenté comme une « récompense ». Je sais que ce mot « récompense » est, comme le mot « punition », comme la gifle, comme la « retenue », à supprimer de l'arsenal de l'éducateur moderne, à cause des « complesques », mais j'ai cédé, je l'avoue, à la routine et, après la leçon, j'ai projeté les images relatives à ce que nous avons vu depuis la rentrée.

Mes gaillards se sont franchement ennuyés au spectacle de la vie domestique gauloise, mais les flammes et le sang du siège d'Avaricum ont déclenché un certain enthousiasme. Beaucoup moins, certes, que le film hollywoodien *Alamo* qu'ils ont vu la semaine dernière au cinoche du quartier. Puis ils se sont rendormis pendant

quatre cents ans environ pour se réveiller au
spectacle des Huns égorgeant les femmes en gros
plan. Un vrai délire. Non pas effroi, mais « joie ».
J'insiste bien : joie.

Je suis peut-être ridicule, mais j'ai été choquée,
au point de me précipiter dans la rue, dès la fin
de la classe, pour y respirer plus à l'aise, et mes
pas, tout naturellement, m'ont conduite du côté
de chez Ahmed.

Il était cinq heures ; en passant devant le
cinéma, j'ai reconnu une haute silhouette, un
blouson gris. Mon cœur s'est mis à palpiter. Mon
cœur, et tout mon corps.

Il m'a vue et m'a souri. Il se souvient de moi.
Il traverse la rue, me serre la main avec aisance
et spontanéité. Il tient un petit sac de toile caou-
tchoutée. Sous son blouson on voit un survête-
ment de sport :

— Je vais entraîner mes gars ! me dit-il, épa-
noui.

— Tous les soirs ?

— Hélas ! non. Seulement les jours où je suis
de matinée ou de nuit.

Il m'apprend qu'il est en usine à la centrale
thermique. Qu'est-ce qu'un agrégé de lettres peut
bien faire dans une centrale thermique ? Il a un
roulement ainsi conçu : une semaine de quatre
à douze, une semaine de douze à vingt, une
semaine de vingt à quatre, et on recommence. Si
mon père proposait ce rythme de travail à son
commis, les domestiques refuseraient tout net de
travailler chez lui. Ici, ils acceptent. Que ne

ferait-on pas pour avoir l'honneur de travailler dans une centrale thermique ?

— ... Ainsi, continue M'sieu Albert, j'ai ma soirée une semaine sur trois pour l'entraînement de mes gamins...

— Quel sport ?

— Un peu tout... mais venez donc avec moi, vous verrez ça !

Ça se passe dans la cour que je connais. Le vestiaire c'est la « chambre » de m'sieu Albert, qui me montre en riant comment le bar se transforme en lit.

Des gars s'agitent dans la cour, autour d'un ballon dont on entend les rebonds dans les flaques.

— Nous y avons pourtant mis du mâchefer, mais cette année est tellement humide !

Parmi les sportifs, je reconnais Lamora qui se démène comme un beau diable. Lamora, qui m'a vue, me fait un signe d'intelligence, plus affectueux que respectueux.

— Tiens, voilà mon Lamora, dis-je en faisant la moue.

— Oui, dit M'sieu Albert, c'est un bon gars !

— Chez moi, c'est une franche crapule !

— Bien sûr, répond suavement M'sieu Albert, ici tout est permis, chez vous tout est défendu ! (Il éclate de rire.)

— Vous avez le beau rôle ! dis-je.

— Jalouse ?

On rit. Cet homme est-il prêtre-ouvrier ? Je donnerais cher pour le savoir. Le voilà qui se met à hurler :

— Plus vite, Christian ! Plus vite ! Ta passe ! Tout de suite ta passe, mon petit !

Il m'entraîne vers le bar-lit, en disant à ceux qui arrivent :

— Ceux de la gym, travaillez seuls en m'attendant ! Giraud, tu prendras le commando en main !

Il me verse une limonade. Je lui raconte alors, à bâtons rompus, la plupart des expériences et des déceptions qui sont contenues dans les pages précédentes. Je m'échauffe et je termine par l'histoire de Pardieu, celle du coup de poing, et j'en arrive à lui confier cette sorte de désespoir qui m'accable : les enfants ne valent pas cher, le niveau intellectuel est incroyablement bas, la moralité est affreuse et les parents sont encore plus abjects que les enfants ! Aucun respect, aucun sens du devoir et de l'autorité. Par contre, ils connaissent tous leurs droits. Bref, je vide mon sac.

J'aimerais être consolée par ce grand gaillard-là.

Il m'écoute d'ailleurs avec beaucoup de gentillesse et de commisération. Il va certainement me mettre le bras sur l'épaule ou me prendre les mains dans les siennes... « Calmez-vous, mon petit, etc. »... Peut-être même...

Hélas ! non. Il enfouit son visage dans ses mains et, d'une voix de confessionnal :

— Ces grossièretés, cet irrespect des parents et des enfants, l'instituteur n'en est-il pas un peu responsable ?... Se respectent-ils eux-mêmes, les

instituteurs ?... En paroles, en gestes ? en vêtements ?...

Je relève la tête.

— ... Car enfin, dit-il en me regardant, depuis
la guerre, et même déjà un peu avant, l'instituteur est un homme en chandail, col roulé,
nu-tête, qui emploie, même dans son enseignement, des mots grossiers. J'en ai vu en espa-
drilles, en maillot de corps, en short... oui, en
short. Il y en a, dans le quartier, qui tombent la
veste et font la classe en maillot de corps ! Voilà
pour l'aspect, l'extérieur. Au moral : ils flirtent
ouvertement avec les institutrices dans la cour de
récréation ou même en classe. Ils ont souvent
une vie de famille douteuse, ou pas de vie de
famille du tout. La plupart des institutrices sont
vêtues et fardées comme des prostituées...
L'enfant les traite comme des copains, des
copines et des filles de la rue.

» Souvenez-vous de nos vieux maîtres, toujours colletés de blanc, soigneusement cravatés
de noir, s'exprimant correctement, un peu pom-
peusement, certes, mais de telle sorte qu'ils
étaient l'exemple vivant de la dignité et, tout au
moins en apparence, de la probité, de la vertu.
Jamais un élève ne pouvait les surprendre en
défaut. Ils pouvaient donc exiger beaucoup...

— Nous avons voulu abandonner ce style du
« magister sur son estrade » pour nous rapprocher d'eux..., dis-je.

— Alors ne vous plaignez pas de cette intimité
ni de ses conséquences. Exploitez-la !

Sans réfléchir, je lui coupe la parole pour lui dire :

— Mais vous aussi, les prêtres, vous êtes descendus du piédestal, vous fumez la pipe, vous portez l'anorak, le pull-over, le pantalon de velours, vous travaillez à la centrale thermique et vous parlez leur langage...

M'sieu Albert me regarde, ses yeux se dilatent, sa bouche s'entrouvre d'étonnement, et tout à coup il éclate de rire, d'un haut rire sonore, pas un rire de curé, un vrai rire d'homme.

Que signifie ce rire ? Parlera-t-il ?

Il semble tout d'abord que oui. Il rit encore et j'ai envie d'embrasser ses dents, et j'en ai honte. Puis il se calme gentiment et m'offre une cigarette que je refuse, car je ne fume pas. Il en a l'air étonné et saisit cette occasion de faire dévier la conversation :

— Vous ne fumez pas ?... Jamais ?... Comme c'est curieux ! Vous êtes bien la première jeune-fille-qui-ne-fume-pas que je rencontre... (il hésite)... et je vous en félicite...

Il ne dira rien. J'ai laissé passer l'occasion. Alors je me mets à parler. Je lui raconte des anecdotes de ma vie scolaire à Trézilly-le-Château, des traits de nos vieux maîtres, ceux qui se respectaient : M. Lefébure, par exemple, que l'on n'a jamais vu tête nue, ni en bras de chemise, ni même en gilet, même pour bêcher son jardin. Je le vois encore partir à la pêche ; par les journées les plus chaudes de l'année, avec son gilet, sa veste d'alpaga noire, son haut col et ses man-

chettes de Celluloïd et son canotier. Je précise
que cela ne remonte qu'à quelque quinze ans et
qu'à Paris, à la même époque, les jeunes instituteurs s'étaient déjà « rapprochés de leurs élèves »
et portaient la blouse grise, triste livrée du petit
fonctionnaire mécontent sans ambition et sans
prestige. Lui, en complet veston noir, c'était
« Monsieur Lefébure », personne ne riait de son
Celluloïd sonore ni de sa cravate à système, et
lorsqu'il disait « vous me ferez six temps », personne n'aurait osé répondre « Ta gueule, vieux
con », ni « D'la merde », comme on le dit cou-
ramment à mes confrères.

— Vous voyez bien ! appuie M'sieu Albert.

— Non, je ne vois rien... rien du tout. Aucun
rapport, tout est changé, aucune comparaison
possible parce que...

— Parce que Trézilly-le-Château n'est pas
Paris.

Il rit et clame ironiquement :

— Trézilly-le-Château ! Lieu unique et privilé-
gié ! Paradis de la France ! Pôle de la raison et
de la sagesse !...

— Ne vous moquez pas !

— Excusez-moi, je n'ai pas de village natal.

— Comme je vous plains !

— Merci !

On rit encore. Mon Dieu ! Est-il prêtre-
ouvrier ? Eclairez-moi !

Il reprend, presque grave :

— Croyez-moi, je les connais bien... Que de
choses à dire sur eux... Il faut les aimer !

— Difficile ! Jugez-en : quatre élèves inscrits ne se sont pas encore présentés à l'école depuis la rentrée. J'en avise le directeur qui fait son enquête : le père travaille et fréquente un peu le café ; la femme, dans deux cas, se prostitue ; les deux autres travaillent à l'autre bout de Paris. L'enfant traîne les rues et n'a pour ainsi dire jamais fréquenté l'école, on l'inscrit tous les ans, mais il ne vient presque jamais. Le directeur en réfère, l'affaire suit son cours. L'inspecteur, comme la loi le prévoit, je crois, ouvre une procédure dont l'issue sera... la suppression des allocations familiales. Le directeur triomphe modestement et me confie : « On n'a déjà pas de place pour loger ceux qui viennent, de quoi avons-nous l'air d'aller chercher ceux qui ne viennent pas ? Où les mettrons-nous ? Mais c'est vous qui l'aurez voulu, laissons courir l'enquête... »

— Et alors ?

— Alors ? Les gendarmes ont instrumenté, puis les quatre pères « indignes » sont allés trouver « quelqu'un », à la municipalité je suppose, et la municipalité a obtenu que les allocations familiales soient maintenues... à condition que les enfants fréquentent l'école, bien entendu...

— Et les quatre élèves sont venus bien gentiment s'asseoir sur vos bancs ?

— Hélas ! non. Je ne les ai encore jamais vus et les huit parents « indignes » continueront à toucher les allocations familiales.

— Ce sont huit électeurs, ne l'oubliez pas !

— C'est répugnant !

— C'est désastreux, j'en conviens... Mentalité d'assistés !

Je continue :

— Et ceci : voici des gens qui touchent des allocations familiales. En outre ils demandent et ils obtiennent une petite bourse municipale pour les fournitures scolaires et enfin la GRATUITÉ DE LA CANTINE pour chacun de leurs enfants qui mangent ainsi, sans bourse délier, tous les midi, aux frais de la commune.

» Un enfant tombe-t-il malade ? Il ne prendra donc pas ses repas (gratuits) pendant huit jours. Le père viendra à l'école et dira au directeur :

— Je viens toucher l'argent des repas.

— Quels repas ?

— Les huit repas que le petit n'a pas pris pendant qu'il était malade.

— Mais ce sont des repas gratuits !

— Justement : on me les doit.

M'sieu Albert hoche la tête et répète : « Mentalité d'assisté », ce qui est une très jolie formule ; puis il me regarde avec douceur et je me mets à pleurer un petit peu.

— Vous devez être bien déprimée, mademoiselle, car ce ne doit pas être dans votre tempérament de ne voir, dans la vie, que le mauvais côté des choses, les cancres, les minables, les abjects. Il y en a, je le sais, il y en a beaucoup trop, mais il y a aussi les bons, les purs, les simples ? Sur vos quarante-huit gaillards, il y a bien quelques garçons respectueux, propres, soumis, faisant bien leurs devoirs, sachant bien leurs leçons ?

— Il y en a bien peu, et...

— Et ?

— Ils sont bien insipides.

M'sieu Albert me prend la main et, triomphant :

— Avouez donc que ce ne sont pas ceux-là les plus sympathiques !... Avouez-le !... Avouez que Lamora, le blouson noir, est plus attachant que le petit garçon bien !

M'sieu Albert s'échauffe, sarcastique, et prend un visage dur et menaçant. On le sent gonflé d'une générosité qui souffre d'être impuissante, puis il fait un effort et s'interrompt. Il reprend son visage doux et émouvant :

— Voyez-vous, il faut les aimer. Il faut les comprendre. Pensez, pensez, ma chère petite paysanne intellectuelle, que ces gens se lèvent tous les matins à cinq ou six heures. On fait un vague ménage, on habille, à la va-vite, les gosses encore endormis, on les conduit (ceux de moins de quatre ans seulement, les autres y vont seuls) à la garderie qui commence à sept heures et demie. Par faveur, il arrive qu'on les admette à sept heures. C'est là qu'ils prendront leur petit déjeuner de bébé, cette bouillie que vous avez prise, vous, sur les genoux de la maman ou de la mémère, parmi vos animaux domestiques favoris, devant le grand feu de bois, au cœur même du domaine familial, là où convergent tous les rayonnements d'amour. Eux, c'est à la garderie qu'ils s'éveillent, car ils sont encore endormis lorsqu'on les mène à cette poussinière collective.

La mère file à l'atelier, le père à l'usine. Les parents ne viendront reprendre les petits que le soir à sept heures, encore endormis.

» Quand je dis « les parents », je me comprends. Je veux dire « les géniteurs », car ce ne sont pas des parents.

» Voilà pour les tout-petits. Mais les grands ? Ils quittent le foyer vide vers sept heures du matin, traînent dans les rues jusqu'à huit heures et demie, sortent le soir à cinq heures ou cinq heures et demie, traînent les rues jusqu'à vingt heures et rentrent, las, au foyer vide, vide et laid, et froid !

» Voilà pourquoi j'essaie de les rassembler là, et pour les y attirer, je ne peux tout de même pas leur proposer la prière du soir, ni de jouer aux petits papiers ! J'ai le judo, le basket, puis j'abandonne le basket, un peu patronage, un peu jeune fille, pour commencer le rugby. Je suis moi-même homme de rugby. Les très durs, je te les colle piliers, talonneurs. Trois mi-temps d'entraînement leur remplacent un mois d'opérations chez les blousons noirs. Si les gens de la rue de Châteaudun et ceux de la rue de Grenelle comprenaient ça, si cette évidence sautait aux yeux du ministère de l'Education nationale, la France n'aurait plus un seul blouson noir et serait imbattable aux Jeux olympiques de 1972...

Je coupe :

— ... Mais les terrains, les équipements, les ballons ?

Avec une jovialité un peu affectée, il répond :

— Bah ! on se débrouillera ! L'important, c'est de les aimer. Ils sont victimes, or on aime les victimes, c'est instinctif.

— Mais victimes de quoi ?

— Victimes du progrès. De ce qu'ils nomment le Progrès. Le rythme de vie que je viens de vous dépeindre est provoqué par le progrès. La télévision ? l'automobile ? Progrès. On achète le poste et la voiture à crédit : progrès. Pour payer les mensualités, on fait travailler la femme : progrès. On est donc bien obligé de mettre l'enfant à la garderie perfectionnée et à la cantine : progrès. Il en résulte, bien sûr, une certaine fatigue (on n'a rien sans peine), et un abrutissement certain, mais on a le cinoche : progrès, et puis on ne fait plus de lessive, on porte le linge à la laverie automatique : progrès. On jette les manteaux, les robes, les bas sans les raccommoder : progrès. La femme devient donc inutile à la maison. Il est donc logique et même souhaitable qu'elle travaille. On lui dit donc qu'elle est « libérée » du travail à la maison par le travail en usine : donc progrès.

» Bien sûr, l'absence de la mère explique l'errance physique, mentale, spirituelle, intellectuelle du gamin qui est donc bien une conséquence, la plus grave conséquence, du PROGRÈS ! C'est un cercle vicieux, c'est bien le cas de le dire.

M'sieu Albert se tait. Il a fini sa petite démonstration. Elle lui plaît.

— Souvent, continue-t-il, je sens le mépris s'infiltrer en moi. Si je ne les aimais pas, je les

mépriserais violemment et, pour les aimer, je
cherche à les comprendre, je m'entête, je m'obs-
tine à vouloir les comprendre. On comprend le
pire des voyous si on s'en donne la peine !

— Ne craignez-vous pas de vous laisser aller
à tout expliquer, à tout excuser et à prendre une
position trop...

— Eh bien tant mieux si je vais trop loin !
Pour être juste, il faut toujours être du côté de la
victime.

Silence. Je reprends :

— J'ai peur de ne pouvoir pas...

— Ma chère camarade, vous pourrez, mais
vous venez d'arriver d'une province paisible où
le rythme familial conduit encore la vie des individus. Vous êtes vous-même le fruit doré de
l'arbre racial qui a poussé, en pleine nature, dans
l'humus des traditions, qui a fleuri dans le climat
artisanal, qui est fait de présences groupées
autour de la mère-nourrice et du seigneur-père,
placide, sensé, et bon enfant...

Il semble rêver, puis il me demande :

— Que faisiez-vous, le soir, en sortant de
l'école, à Trézilly ?

— Je rentrais à la maison.

— Mais en suivant quel itinéraire ? Racontez-
moi ça.

— Je traversais une partie du village. Je pre-
nais un raccourci qui traversait les jardins et les
vergers, puis c'était la friche de la Crâ, puis le
petit bois de la Lurette, je sautais le ruisseau, je

traversais la pâture des Gueux et je montais tout droit la grande friche...

— Et chemin faisant ?

— On chapardait des pommes, on grimpait aux arbres, on pataugeait dans le ruisseau, on ouvrait les vannes du bief, pour entendre crier la mère Pansiot... On prenait souvent des écrevisses ou même des truites à la main... Les garçons se battaient quelquefois pour une fille, ils posaient des collets... pour rire, ou pour essayer... Nous, on faisait quelquefois des parties de cul-mouillé dans l'abreuvoir, on montait à cheval sur les vaches. Un jour, on a cassé les reins à un petit veau en voulant le chevaucher... et puis on rentrait pour donner à manger aux poules... à moins qu'on rencontre les gars du village de Chaudenot qui nous « cherchaient ». On se battait, tout au moins les garçons, qui rentraient tout bosselés, déchirés...

— J'ai donc bien l'honneur de vous informer, mademoiselle, que vous et vos amis, garçons et filles, vous avez constitué une bande de blousons noirs !

Je ris. Il continue :

— Et que disait la police, je vous prie ?

— Le garde champêtre était aussi cantonnier. D'aussi loin qu'il nous voyait, il criait : « Attendez, bougre de gnaulus ! Sacré vingt dieux de milliards de dieux de petiots, vous allez voir, je vas vous taugner, moi, tout à l'heure ! »

— Et il vous « taugnait » ?

— Pouvait pas : on courait beaucoup plus vite

que lui. Et puis, au fond, il s'amusait ferme, lui aussi, à nous voir faire les mêmes farces qu'il avait dû faire lui-même...

» Quand nous avions fait une grosse bêtise, il montait à la ferme, demandait à voir mon père et faisait son rapport. On nous appelait, on nous faisait comparaître, mon père nous flanquait une bonne daubée, sans craindre de nous donner des « complesques », après quoi on les voyait, lui et le garde, buvant une bonne bouteille, les pieds au feu et rigolant.

» D'autres fois, au coin du verger qu'on visitait, surgissait le propriétaire, un grand fouet à la main. On déguerpissait en poussant des clameurs de joie. L'autre se prenait au jeu et nous fouaillait en criant : « Sacrée bande de p'tiots salaupiauds, galapias ! »

Monsieur Albert rit de tout son cœur et prétend qu'il croit entendre une page de Colette, lue par elle, avec son accent.

Je reprends :

— Un jour, on a rossé le père Antoine ! le pauvre père Antoine !

— Je le répète, insiste M'sieu Albert, vous étiez des blousons noirs. En ville, rien que le fait de casser une branche dans un jardin (public) vous conduit au poste de police. Si justement vos parents vous ont acheté un blouson de couleur noire, par hasard, on vous passe à tabac et on parle de vous envoyer en maison de redressement...

Tout à coup, M'sieu Albert ne s'intéresse plus

à cette conversation. Il regarde ses gars en train de jouer. Il se lève :

— Toute mon équipe est là, on va commencer l'entraînement ; vous allez y assister.

Il s'est joint à eux et je vois une des plus belles bagarres de ma vie. Le fait qu'elle ait lieu pour la possession d'un ballon ovale l'anoblit, paraît-il. Il me paraît évident, de toute façon, qu'après de telles brutalités les « gars » ne doivent plus penser qu'à aller se coucher.

Tossus a la classe à côté de la mienne. J'entends tout ce qui s'y passe et, placée d'une certaine façon sur mon estrade, je peux même voir.

J'assiste ainsi à ses cours et je puis apprécier toutes les finesses de sa méthode pédagogique qu'il résume ainsi, en paraphrasant une formule célèbre : « Laisser faire, laisser dire, laisser passer » ; la vie n'étant pour lui qu'une épreuve de patience imposée à l'homme pour des raisons et dans un but qui lui échappent, il attend. Il fait « durer le temps », comme il dit, en s'intéressant aux vieux meubles. Je sais qu'il passe tout son temps libre dans les salles des ventes, pour palper les vieilles armoires et, parfois, pour en acheter. Ses vacances consistent à parcourir les campagnes vendéennes pour y dénicher encore les vieux mobiliers qu'il contemple longuement en les caressant de la main. Lorsqu'il parle de ces choses, il s'échauffe et les larmes lui montent aux yeux. Il dit : « Ah ! le beau travail ! Ah ! que ces gens-là étaient civilisés ! Nous sommes de pauvres cons, à côté d'eux ! »

En classe, c'est un autre homme. Il s'efforce, dit-il, de se ravaler, de se mettre « de niveau ».

Je l'ai déjà dit : ses élèves sont couchés par terre, ou debout sur les tables. Lui, il fait sa classe, renversé sur sa chaise, les pieds sur son bureau, la cravate dénouée.

Tout à coup, il s'écrie :

— Guinchard, passe à la porte !

— D'la merde !

— Tu vas la fermer, ta gueule, petit merdeux !

— Et la tienne, vieux con !

Tossus prend Guinchard au collet et, de force, le jette dans le couloir, puis s'adosse à ladite porte et, les pieds calés par les pieds de table, maintient les efforts de Guinchard qui attaque furieusement et tente de rentrer en force ; Tossus, dans cette position, continue sa classe, imperturbable, alors que toute la classe scande : « Du sang, du sang, du sang, du sang... »

A la récréation, je demande au directeur :

— Est-ce que Tossus prépare bien ses élèves à l'examen de sixième ?

— Oui, puisqu'on lui donne, et qu'on lui laisse, le cours moyen deuxième année.

— Et... ses résultats sont bons ?

— Pas plus mauvais que ceux des autres cours moyens deuxième année.

— ...

Alors ?

A la récréation suivante, Tossus m'aborde. Il est effondré :

— « Ils » n'ont jamais été si dégueulasses ! « Ils » veulent ma peau mais « ils » peuvent crever ! Ah ! si un jour l'école pouvait s'effondrer sur cette bande de petits salauds, je ne ferais pas un geste pour les sauver, je les verrais même crever avec joie.

Après quoi, il se lance dans une longue discussion sur la meilleure façon de leur faire comprendre la règle de trois.

— Tossus, lui dis-je, vous prétendez vous désintéresser de vos élèves et vous ne pouvez pas ouvrir la bouche sans parler d'eux, vous passez vos récréations à chercher des combinaisons pour leur faire mieux comprendre le rudiment et à vous faire du souci pour « eux »... Regardez nos collègues : tout cela est le dernier de leurs soucis. Ils parlent de la coupe de France de football, de n'importe quoi, jamais des élèves !

— C'est parce qu'ils ne les aiment pas. Ils s'en foutent. Si on les aime, on ne peut que désespérer, et ça vous ronge...

Chose curieuse, ce célibataire dit la même chose que M'sieu Albert en somme. Il continue :

— ... Les autres ?... Ah ! les autres !... Ils sont sensibles comme des chaufferettes. Pour eux, l'histoire du monde commence à l'électricité, à l'essor industriel, comme ils disent. Le sommet de l'art c'est de recopier, de calquer *Blanche-neige et les sept nains* de Walt Disney, ou Mickey, qu'ils fourrent partout. Pour eux, la cathédrale de

Chartres est un produit des siècles d'obscurantisme...

Je laisse Totosse et je vais vers « les autres ».

Lorsque je leur fais part de mes étonnements
au sujet des élèves, ils me rient au nez :

— Laisse tomber ! (Il est de mode de se
tutoyer.) Tu n'y changeras rien ! me disent les uns
qui voient la profession comme un gagne-pain
(le plus souvent les deux époux sont dans l'enseignement).

— Il faut t'adapter, disent les autres. Le peuple
n'est plus formé de serfs qu'on peut tromper et
exploiter à merci. Il connaît ses droits et veut se
dégager de l'emprise réactionnaire que le capita-
lisme veut encore aggraver en se servant du progrès technique, qui devrait, au contraire..., etc.

Là-dessus, ils reprennent leurs conversations :
le « sport », la coupe de France, le championnat
de football, le football, encore le football, toujours le football. Ce sport de manchot, comme
dit M'sieu Albert. C'est encore M'sieu Albert qui
m'a expliqué que le rugby, trop vaste, trop complexe, trop subtil, les rebutait, parce qu'il y avait,
entre le football et le rugby, paraît-il, toute la différence qui existe entre le primaire et le secondaire... « Primaires ils sont, m'a-t-il dit, primaires
ils resteront ! » a-t-il ajouté, « même dans leurs
distractions ! »

D'ailleurs je crois bien qu'aucun d'eux n'a
jamais fait de sport autrement que dans le journal ou sur les gradins des stades.

A propos de sport, nous avons, en principe, trois heures de gymnastique par semaine et un après-midi de « plein air ». Je voudrais pouvoir donner, à cette occasion, les textes officiels : ils valent leur pesant de moutarde de Dijon. Mais ce serait trop long.

En principe, la « gym » doit se faire sur le stade. Mais quel stade ? La « gym » se fait donc dans la cour, cette cour cimentée que nous appelons la « fosse aux ours ».

Pour le « plein air », c'est encore mieux, d'abord parce que tenter de faire du « plein air » dans Paris, c'est un peu comme si l'on voulait chasser le phoque dans le Tanezrouft, et tous les textes officiels n'y changeront rien. Faute de « promenade publique » et de square dans un rayon de trois kilomètres, les collègues restent dans la « fosse aux ours ». En principe, on devrait... En principe ! Toujours ces deux mots chatoyants et, somme toute, optimistes !

En pratique, les seules zones quelque peu herbues se prêtant à ce genre de promenades instructives, prévues sagement par les règlements, devraient être ce qui reste des terrains vagues formés par les glacis des fortifications. Dès le début, mes collègues m'ont dissuadée d'y conduire ma classe. Ils n'avaient pas tort, mais moi, toujours naïve, j'ai tenu à respecter les règlements.

Donc j'ai conduit mes gamins sur les glacis des fortifications. Une heure de marche dans les rues à circulation intense. Nous avons défilé devant des étalages et des magasins où mes gamins ont chipé qui une pomme, qui une orange, qui une boîte de dattes, et même un petit recueil des poèmes de Baudelaire. Une véritable razzia.

Deux commerçants s'en sont aperçus et m'ont fait une séance très réussie, en pleine rue, avec injures et menaces puisées dans le meilleur répertoire.

Je suis responsable, m'ont-ils dit. Je n'ai qu'à faire attention, je suis assez payée pour ça ! Et celui qui me disait ça était un petit épicier replet, propret, cossu, âgé d'une quarantaine d'années. Il parlait d'appeler les agents, disant qu'il en avait assez de ces petits instituteurs communistes qui veulent bien toucher la paye (Ah ! que la paye des petits instituteurs inquiète donc le monde !) mais négligent leur travail, font de la « propagande » et nous préparent une génération de bandits, de voleurs, de maquereaux, de putains, de terro-ristes qui rendent la vie impossible aux pauvres commerçants accablés d'impôts et de charges..., etc.

C'est alors que Lamora s'est avancé, roulant des mécaniques, devant toute la classe qui faisait cercle.

Il s'est approché du commerçant, jusqu'à le toucher de la poitrine. Malgré ses treize ans, il était aussi grand que le petit épicier, et plus ath-létique. Il lui a dit, avec un calme qui ne s'apprend pas, même au cinoche :

— Ça va, papa, écrase !

Avec son blouson écossais et son blue-jean, il était très inquiétant. L'autre a voulu continuer :

— Boucle-la, que j'te dis, si tu tiens à ton confort ! a-t-il ajouté.

L'autre m'injuriait encore. Lamora a eu ce mot, en prenant l'homme au collet :

— Tu vas la laisser, not'pépée, oui ?

Sauvage, Ahmed et Ladoix se sont joints à lui et j'ai vu le moment où tout cela allait se terminer par une bagarre et une descente de police. J'ai donc organisé un discret repli alors que derrière nous, sans se retourner, comme un torero tournant le dos au toro dompté, Lamora protégeait notre retraite, en s'efforçant de ressembler à Gary Cooper dans *Le train sifflera trois fois*.

Ce n'est pas tout.

Nous sommes arrivés ainsi sur les fortifs, vaste steppe couverte d'armoises sèches et de détritus. Nous avons cherché un peu d'herbe. Je me suis assise sur des matériaux de démolition et mes gaillards ont commencé à faire des exercices à la mitraillette, au revolver, à bord d'avions de types les plus modernes. Il n'a pas fallu longtemps pour que mes quarante-huit bonshommes disparussent hors de ma vue. Pas tout à fait quarante-huit, mais quarante-trois. Les cinq autres (qui sont des petits élèves très bien) sont restés près de moi. L'un, tout seul, l'air accablé d'une tristesse indicible, affalé dans une touffe de tussilage. Un autre, Bezourd, qui n'a jamais besoin de personne pour jouer et qui s'est mis à tenir, à haute voix, une conversation complète et animée, avec questions et réponses, sans plus s'occuper de moi que si je n'existais pas. Trois autres enfin : Bellac, Melland et Le Floch, qui, depuis plusieurs semaines, mettent au point une fusée interplanétaire. Ils ont continué leurs travaux entre un vieux sommier métallique, dont ils ont utilisé quelques ressorts, et une sorte de fouille servant de W.-C. aux clochards qui, je m'en suis aperçue tout de suite, pullulent dans ces zones pouilleuses et infiniment parisiennes.

Dix minutes ne s'étaient pas écoulées que j'entendis des froissements et des craquements dans l'épais fourré d'armoises sèches où finissait de rouiller le squelette d'une bonne vieille B 12.

Comme j'ai peur des rats, je me suis retournée et j'ai vu... Ah ! mon Dieu, j'ai vu une écœurante figure d'homme, le teint cireux, couperosé aux joues, l'œil gluant, la bouche tordue par un sourire et qui me disait, à voix basse, des choses atroces. Je n'ai pas tardé à m'apercevoir qu'étendu sur le sol, il n'était couvert que d'une sorte de grande pèlerine qu'il a écartée pour exhiber son sexe.

Je me suis levée en criant.

Ici et là, dans les herbes sordides, j'ai vu deux, trois, quatre hommes, eux aussi couchés dans les broussailles, qui avaient rampé jusque-là pour assister à la scène, je suppose, et qui se sont mis à simuler le sommeil. Mais j'avais eu le temps de voir leurs yeux bien ouverts.

J'ai crié encore plus fort.

Alors, pendant que les bons petits élèves inven-

teurs de fusées se sauvaient à toutes jambes,
Lamora, ce d'Artagnan, suivi de ses trois mous-
quetaires, a surgi, venant de je ne sais où, et tellement rapidement que je me suis demandé par
la suite s'ils ne guettaient pas, eux aussi, la scène.

Ils ont bondi sur l'homme nu. Leur indignation n'était pourtant pas feinte et semblait montrer, tout compte fait, une naïveté, une pureté
dont je voudrais bien les croire capables.

Ils ont sonné un vibrant rassemblement qui
s'opéra beaucoup plus rapidement que lorsque je
le provoque moi-même : ma bande est arrivée,
hurlante, et s'est mise à tournoyer en piaillant
autour de l'affreux bonhomme et, s'excitant
mutuellement, ils l'ont attaqué. On aurait dit une
meute de fox autour d'un sanglier blessé, ou plutôt une bande d'étourneaux déchaînés poignant
un corbeau lubrique.

L'homme avait d'abord voulu s'enfuir, mais il
fut encerclé par les jeunes garçons qui tour-
naient en criant autour de lui. Simultanément,
trois ou quatre d'entre eux se lançaient et le
poussaient brutalement. D'autres le recevaient et
le renvoyaient, titubant, au centre du cercle.

A un moment, il put en saisir un ; c'était
Angelo Mastrotti, le petit Italien ; alors ce fut la
ruée de tous : Lamora, armé d'une cornière en
fer rouillé trouvée dans les détritus, très calme,
dirigeait les opérations. Il laissa les petits s'achar-
ner, puis il cria :

— Arrêtez !... Arrêtez tous !... Laissez-le-
moi !... Je le veux !

Les autres s'écartèrent et Lamora, la cornière pointée comme une baïonnette, s'avança lentement, en ponctuant :

— Je le veux pour moi tout seul !... tout seul !

Ce fut un très beau suspense. Un silence total et admiratif s'était établi.

L'homme, qui n'avait pas encore pu se reculotter, tentait de le faire tout en cherchant une voie de retraite. Il reculait et Lamora avançait, homérique, appuyé par toute la bande dont le cercle se resserrait.

Très calme, mais pâle, Lamora s'approchait :

— Tu vas la rentrer ta limace oui, espèce de vieux salaud ! On va te la faire bouffer ta quéquette !

Je venais de retrouver mon sifflet. Il me restait assez de souffle pour sonner le rassemblement. Cela provoqua un flottement parmi mes élèves et l'homme en profita pour s'échapper en force, puis, arrivé à une trentaine de mètres de nous, il me couvrit d'injures et entama une violente diatribe contre les petits péteux d'instituteurs qui veulent bien toucher la paye (encore la paye !) mais négligent leur travail, etc.

Mes guerriers, encouragés par les succès de la journée, me proposaient galamment d'aller lui fermer sa « sale petite gueule d'enculé », mais je les en dissuadai et nous rentrâmes sans qu'il me fût vraiment possible de les mettre en rang. Il ne faut pas trop demander aux héros.

Très belle classe en plein air !

Quelle intéressante leçon de choses pour mes bons petits élèves !

On gratte et on creuse dans la « fosse aux ours » où, en toute hâte, on va ériger des classes « préfabriquées ». C'est un genre de baraquement en panneaux de ciment de style très provisoire qui convient à notre époque provisoire dont la caractéristique, pour employer le charabia de nos augures plus ou moins polytechniciens, est d'être en perpétuel devenir. Vous voyez ça d'ici.

Le directeur m'a dit :

— C'est effrayant ! Savez-vous combien j'inscris d'élèves nouveaux ?... Un ou deux par semaine ! Et je suis souvent obligé de les renvoyer chez eux, puisque déjà le cinquième de nos élèves est assis sur le rebord des fenêtres et sur les marches de votre estrade !

— Mais d'où vient tout ce monde ?

— Ce sont des provinciaux qui s'approchent du foyer de culture et de civilisation qu'est la région parisienne ! Il en arrive ainsi chaque mois, paraît-il !

Le directeur était affolé. Je lui ai dit :

— C'est très curieux, hier matin, j'ai reçu une lettre de mon frère dans laquelle il m'annonce, non sans émotion d'ailleurs, que l'école de Trézilly-le-Château vient de fermer ses portes, faute d'un nombre suffisant d'élèves. L'instituteur s'en va. La maison d'école est vide. Vide la grande classe mixte dont les fenêtres donnent sur la

forêt de Velours et sur les étangs brillants ! Vide
le beau logement du maître. En friche le grand
jardin dont nous désherbions les plates-bandes,
en guise de punition... ou de récompense !...

— Ils sont fous !... Ils sont fous ! a crié le directeur qui faisait les comptes de la cantine. Où
allons-nous ? Où allons-nous ?

Un petit moment d'attendrissement sur mon
école de Trézilly, mais, tout de suite, après un
moment de réflexion : en somme, cette école, ma
grand-mère l'a vu construire. C'était en 1883,
trois ans après la loi sur les congrégations. Jules
Ferry ! L'Instruction publique !

1883 ! Il y a donc quatre-vingts ans à peine que
cette école aurait été bâtie, en bonne pierre de
Bourgogne ? Son style est un peu pompier,
certes, mais elle défie les siècles. On l'a faite pour
durer, et elle fut inaugurée dans l'enthousiasme.
L'enthousiasme laïque, public, gratuit et obligatoire. C'était le triomphe de l'« instruction pour
tous ». Ah ! le beau discours qui fut alors prononcé : « Une ère de prospérité s'ouvre !... La
lumière de l'instruction va inonder les campagnes, ces belles campagnes françaises où,
désormais, grâce au progrès, on allait pouvoir
vivre heureux et épanouis !... » Ah ! oui, le beau
discours devant la belle façade neuve ! Garçons
(à droite), filles (à gauche)... il y a quatre-vingts
ans !

Et voici que déjà l'« ère de prospérité » est ter-
minée ? Elle n'aura duré que quatre-vingts ans,
et l'on ferme cette école, toute neuve en somme ?

Précisons qu'il reste cinq enfants « d'âge scolaire » à Trézilly. C'est insuffisant pour justifier un instituteur, mais, pour eux, la lumière de l'Instruction publique s'est éteinte.

Aussi, quelle drôle d'idée de ne pas venir à Paris, comme tout le monde... Venez donc, on rigolera !

Tossus, à qui je fais part de ces réflexions, s'écrie :

— Mais bien sûr ! Les écoles de campagne, si confortables, sont vides, elles vont lentement tourner à la ruine, comme les maisons, les granges et tout... Et ici, on ne sait même plus où les fourrer !...

— Ce n'est pas de gaieté de cœur que ces gens-là quitteront le village. S'ils s'en vont, c'est parce qu'ils n'ont plus de travail... Les machines agricoles..., ai-je dit.

— Ouais ! plus de travail ! Voilà l'excuse... Mais si vous faisiez une enquête sérieuse, vous verriez que...

— Chiche ! Une enquête ! Monsieur le directeur, pourrais-je avoir l'adresse des nouveaux inscrits ?

Il me regarde :

— Pour quoi faire ?... Vous allez encore vous attirer des ennuis... Soyez prudente...

— Je voudrais savoir... Connaître les raisons qui les ont déterminés à venir à Paris... et quelles sont leurs impressions.

— Oh ! s'écrie Tossus, ils se déclareront

enchantés. Jamais vous n'en rencontrerez un qui vous dira : j'ai eu tort !...

— Des adresses ? reprend le directeur en riant. J'en ai plein mon registre, puisez, puisez !

J'en choisis trois au hasard : Le Goff, hôtel de la Gare ; Martel, chez M. Loisel, boulevard Jean-Jaurès (évidemment), et Bruillot, impasse de l'Egalité (? !).

Je me précipite chez Le Goff.

Hôtel de la Gare.

C'est un hôtel qui a poussé trop vite et trop haut parce qu'il était étouffé entre le remblai du chemin de fer et le cinéma « Le Lou-Lou ». Façade à deux fenêtres qui s'étire sur cinq étages.

Du linge sèche aux fenêtres. On entre et on sort comme on veut. C'est un hôtel meublé. Je rencontre deux Arabes qui descendent les escaliers. Deux autres me suivent.

Troisième étage, c'est chez Le Goff.

Une femme excessivement lasse vient m'ouvrir. Elle fait la lessive dans le lavabo. Déjà du linge sèche sur des cordes tendues en travers entre les deux lits, le radiateur et la fenêtre. C'est un innommable capharnaüm. On a rajouté un lit dans une pièce déjà trop petite pour en contenir un seul. Des valises éculées servent d'armoire et débordent de linge froissé. Des journaux sont étendus sur le sol. Un réchaud et deux casseroles voisinent, sur la cheminée, avec l'inévitable, le sacro-saint, le merveilleux, l'ineffable poste de radio qui hurle, bien entendu. Il hurle tellement de choses pesantes et vulgaires que l'immense lassitude qui se lit sur le visage de la femme semble en être la pitoyable conséquence.

Une condamnée. Une condamnée au bruit perpétuel, voilà ce qu'est Mme Le Goff. Et elle ne s'en remettra pas. Elle n'a même plus la force, semble-t-il, de tourner le bouton pour mettre fin à son propre supplice. Se souvient-elle même, dans sa déchéance, qu'il existe un bouton ?

Elle n'a pas trente ans. Elle est née à Landébia. Son père a une petite maison de culture : vingt-deux hectares. Blé, patates, sarrazin, pommes. Cinq vaches laitières, une jument. Elle a un frère, qui, lui aussi, a quitté le domaine. Il est présentement homme d'équipe au chemin de fer.

Son mari est de Guer, dans les landes de Lanvaux. Au début de leur mariage, il est venu à Landébia pour cultiver le domaine de vingt-deux hectares mais il s'est vite aperçu qu'« il n'y avait pas moyen de vivre comme ça ». Bien entendu, ils ont décidé de rejoindre le frère à Paris ; ils ont débarqué un beau jour, sans travail, sans logement, comme ça, avec leurs valises et leurs deux petiots, sur le quai de Montparnasse. On allait loger chez le frère et on chercherait bien gentiment une place et un appartement. Tout simplement.

Or le frère logeait, avec ses trois gosses et sa femme, dans deux pièces mansardées (le veinard !). On s'est un peu tassés, mais au bout de quelque temps, on a bien vu qu'« on ne pouvait pas continuer à vivre comme ça » *(bis)*.

Sans indemnité de chômage, et pour cause, le mari a trouvé, par-ci par-là, des travaux de manœuvre, elle a fait des ménages. La cohabitation en deux pièces de neuf personnes (deux couples et cinq enfants) est devenue un enfer et on a quitté le domicile du frère et, dès lors, ce fut la valse des meublés. On en est aux hôtels aveugles (borgne est un mot trop faible) pour Norafs. Les deux enfants, un garçon de onze ans et une fille de neuf ans, couchent dans le même lit. Actuellement le père est homme de peine dans un chantier de charbonnage et gagne vingt-huit mille anciens francs par mois. La femme continue, et pour cause, à faire des ménages. Le plus gros de la paye passe dans le loyer du meublé où il est interdit de faire de la cuisine dans les chambres. On mange donc des plats cuisinés, achetés chez le « traiteur », un gargotier qui vend la purée de patates deux cents francs les cent grammes, cette purée faite avec les patates que le papa breton cultive et vend, lui, cinq francs le kilo. Ce doit être pour cette raison qu'on appelle le gargotier un « traiteur ». Il y a de la traite là-dessous. La traite des Blancs. Mais à Landébia, lorsqu'on saura que la famille Le Goff achète ses repas tout faits chez le « traiteur », deux autres familles de Landébia viendront à Paris, et les Le Goff, trop heureux de voir des camarades faire la même bêtise qu'eux, se garderont bien de donner de plus amples détails.

Pour l'instant, Le Goff cherche « une bonne place » chez Citroën et au chemin de fer. On

espère y parvenir. Dame, à Paris... tout est possible. Mais ils oublient que M. Le Goff ne sait
presque pas lire et à peine écrire, qu'il ne connaît
aucun autre métier que la culture.

Quant à Mme Le Goff, elle ne sait pas laver une
lessive de quatre personnes dans un lavabo, c'est
visible.

Elle pleure.

— Vous pourriez peut-être retourner en Bretagne. Vos parents vieillissent... vous pourriez
reprendre l'exploitation...

Elle se tait. Jamais elle ne desserrera les dents
là-dessus. Obstinée, elle a l'air de dire : On est
parti, on est parti, jamais on ne retournera. C'est
comme ça.

J'insiste :

— La petite propriété de votre père, bien
menée, peut vous nourrir. Quand vos parents
mourront, elle sera à vous. Que diable, avec
vingt-deux hectares, si vous n'achetez pas trop de
machines agricoles et de tracteurs, vous êtes sûrs
de vous en sortir !...

Pas de réponse. Regard buté.

— Mais pourquoi êtes-vous partis de là-bas
sans avoir une place assurée et un logement ?...
On ne fait pas ça !

Silence. Comprend-elle ?

— Même vos enfants n'ont pas de place à
l'école... Il n'y a plus de place, comprenez-vous ?

Silence.

Je n'ai rien pu en tirer d'autre.

Chez Martel, maintenant.

Martel ! Un beau nom du Quercy. Les Martel, en effet, sont de Gourdon. Ils habitent aussi, provisoirement, bien entendu, chez le beau-frère, M. Bouladoux, qui est sarlatais.

C'est Mme Bouladoux, la sœur de Mme Martel, qui me reçoit. Là, pas de silence buté, on s'en doute. C'est, avec sourires, soupirs, exclamations, une ample chronique familiale et professionnelle. Car on est postier dans la famille Bouladoux. Postier de père en fils, de mère en fille, d'oncle en neveu, de tante en nièce.

M. Martel est facteur à Cahors et Mme Martel était employée au bureau de poste de Cahors. Elle a voulu « présenter le concours » de commise. Elle est allée faire un stage à Toulouse, la pauvre petite, et ça lui a permis d'être nommée au service des Chèques postaux dans les bureaux ultramodernes de la rue des Favorites. Elle a un travail terrible ! Un casse-tête, ma pauvre demoiselle ! Et voilà qu'elle a des troubles nerveux provoqués par ce genre de travail ! La mécanisation ! Les haut-parleurs ! Que tout est moderne, là-dedans ! Une merveille ! Alors vous comprenez, la pauvre petite, elle se fait du mauvais sang, et si je pouvais pas m'adapter ? et si je tombais malade ? et que si et que ça !

Le médecin dit que ça se fera. L'« adatation », qu'il appelle ça. Pensez qu'il y a la moitié des femmes là-dedans qui peuvent pas rester, avec tous ces bruits, ces téléphones, ces appareils, est-ce que je sais, moi. Une merveille, monsieur, que tout marche électronique là-dedans. Elle a déjà eu deux crises, mais elle s'y fait ! Que voulez-vous, la situation, hé !

Pendant que coule ce flot de paroles très instructives, je fais le point : M. Martel est à Cahors : facteur ; Mme Martel est à Paris, au service des Chèques postaux, rue des Favorites, où elle a un travail terrible.

Les povres ! Obligés *(sic)* de vivre séparés comme ça ! Ce n'est pas drolle, hé non, allez ! Mais que voulez-vous... la situation !

M. Martel, facteur, a gardé près de lui sa fille, douze ans. Sa postière de femme a emmené à Paris le petit Robert ! Le pauvre ! qui ne trouve même pas une école « pour entrer ». C'est un scandale !

Où est le scandale, Mme Bouladoux ? Est-il dans cette école où Robert ne peut pas entrer, ou bien dans le geste de cette femme qui quitte mari, foyer, patrie, pour monter à Paris « pour sa situation » ?

Il est à signaler que Mme Martel ne cherche pas à retourner à Cahors dans sa petite maison « avec jardin » ; c'est elle, au contraire, qui fait des démarches pour faire venir son mari facteur à Paris !

Lorsque, rentrée à l'école, je parle de cela à Tossus, il éclate d'une truculente colère :

— A Paris ! Mais bien sûr !... Approchez, mesdames et messieurs. Venez à Paris, il y a de la place ! Paris... ses logements, son soleil, son bruit, son bitume pour y faire trottiner vos filles et vos femmes, ses terrains vagues pour y promener vos lardons, ses voyeurs, ses écoles, ses cinoches, ses splendides hôtels meublés, ses plats préparés, préparés pour vous, mes agneaux !... Approchez, n'hésitez pas, venez vous dégager de l'emprise de l'obscurantisme et de la réaction et vous gaver de progrès technique !...

La tirade se termine, comme d'habitude, par un borborygme assez proche du sanglot où une personne mal intentionnée pourrait parfaitement comprendre : « Bande de cons ! »

J'ai gardé le meilleur pour la fin. Je me suis présentée chez Bruillot. Leur cas est encore plus caractéristique. Ils débarquent d'une petite ville de France que je ne veux pas nommer. Une petite ville de France où une municipalité « dynamique » a attiré, en leur offrant des terrains et des avantages qu'ils eussent rougi de proposer à des gens du pays, des industries désirant se « décentraliser ».

Cette décentralisation a transformé la prairie en terrain d'épandage ; la rivière, jadis poissonneuse, en goulot d'évacuation d'acides dévastateurs ; la paisible bourgade en coupe-gorge puant. La municipalité dynamique n'a pas manqué de s'en apercevoir, mais elle a continué de prétendre qu'outre la « plus-value » qu'elle donnait aux terrains, cette catastrophe devait enrayer une catastrophe encore plus grande : l'exode vers Paris et les grandes villes de la population locale.

Or M. Bruillot, né d'une vieille famille du pays,

est bel et bien parti, emmenant avec lui
Mme Bruillot et les deux petits Bruillot, et je sais
maintenant, après avoir pris mes renseigne-
ments, que la population locale a continué de
partir définitivement vers Paris et quelques
autres agglomérations importantes. La fuite de
cette main-d'œuvre, qu'on prétendait hypocrite-
ment vouloir retenir, a provoqué un appel de
main-d'œuvre hétéroclite qui a importé un petit
millier de Norafs, d'Espagnols, d'Italiens, sans
parler des Polonais qui déjà, pratiquement, faisaient la culture depuis une vingtaine d'années à
la place des premiers transfuges, aujourd'hui
poinçonneurs de tickets de métro.

La petite ville doit maintenant ressembler à la
Plaine Saint-Denis, et l'on se demande ce qu'y
vient faire la très belle cathédrale du XVe siècle.
L'été, j'imagine, des étrangers arrêtent leur voiture sous les remparts et se risquent à pénétrer
dans les ruelles jusqu'à l'église qu'indiquent les
guides, puis ils se hâtent d'aller plus loin, lorsque
leur voiture est encore là. S'ils ne la retrouvent
pas, c'est qu'un jeune homme du pays, solitaire
et désespéré, a décidé de l'emprunter pour
« monter » dans ce fameux Paris où il pourra
retrouver, croit-il, tous ses compatriotes.

Tossus, qui vient me voir dans ma classe, pour
bavarder pendant que ses élèves se détendent un
peu, me donne une explication qui, bien que
cocasse, paraît pourtant plausible :

— On se met le doigt dans l'œil jusqu'au coude
si l'on s'imagine retenir les gens à la campagne

ou en province en créant des usines pour leur donner du travail. Ce qu'ils veulent, ce n'est pas du travail, le travail ne les intéresse pas du tout en soi. Ce qu'ils veulent c'est « monter à Paris ». Un point c'est tout. Ou plus exactement c'est madame qui veut monter à Paris, et ce n'est pas pour sa situation, comme le chante la mère Martel. La situation, c'est l'alibi. Ce qu'elle veut, c'est Paris, son bitume, les vitrines des Galeries Lafayette, du Printemps, des Trois-Quartiers...

» On peut toujours implanter des industries au bord de l'Yonne ou de l'Adour, pour fixer les populations et enrayer l'exode, on n'enrayera rien du tout. « Elles » monteront à Paris, ou au moins dans la capitale locale, et le corniaud la suivra, avec les mioches, la bouche enfarinée, tout fier d'aller la montrer. Lui aussi, pour s'excuser, dira qu'il vient chercher du travail mais il sait très bien que s'il ne suivait pas le mouvement, elle partirait toute seule, quoi qu'il arrive.

Tossus est effrayant. On dirait un mitrailleur affolé qui veut vider d'un coup tout son chargeur avant de mourir d'émotion.

Aujourd'hui, il a pâli imperceptiblement pour dire :

— Et vous-même, votre idée de venir ici pour éduquer les enfants du peuple, et patati et patata... je n'y crois pas. Comme les autres... vous êtes comme les autres !...

Là-dessus, Tossus est sorti sans se retourner, comme honteux d'avoir osé dire cela. J'en suis restée abasourdie, puis furieuse, enfin j'ai réfléchi un instant et les pensées que j'ai eues alors me troublent encore.

Parmi mes élèves, j'ai un certain Vermenouze. Son nom m'enchante. Sans doute en souvenir du poète, mais surtout à cause de la musique de son nom, cette musique à la fois douce et rude qui parle d'un pays que je ne connais pas, n'ayant jamais voyagé, mais qui chante dans ma tête et évoque pour moi ces hautes régions cantaliennes où coulent, je l'ai appris, la Cère, l'Allagnon, la Jordanne...

Mon Vermenouze est assez trapu. Sa tête est ronde, sa lèvre inférieure est un peu épaisse, son nez légèrement busqué ; ses cheveux sont noisette et ses mains sont courtes et épaisses. On a l'impression qu'il est gonflé de vie et que, si on le piquait avec une épingle, le sang giclerait, comme d'une outre. C'est l'Auvergnat dans toute sa splendeur. Il porte en lui les émouvants et merveilleux stigmates de sa race, et cela me bouleverse.

Je lui ai demandé :

— De quel pays es-tu ?

Alors son visage s'est éclairé et il a presque crié :

— D'Auvergne.

Mon cœur a été inondé de joie. C'est le seul de mes élèves à avoir fait cette réponse. Les autres, qu'ils se nomment Di Rotta, Le Floch, Pujade, Lamongie, Pestaloube ou Greber, Ventelot ou

Delmarque, se disent tous « Parisiens ». Le plus souvent c'est parce que personne, à la maison, ne leur parle jamais de leur nom, ce nom qui vous désigne aussi sûrement que la forme de la pommette ou la couleur de l'œil, ce nom qui embaume et vous rattache aux origines et fait de vous un être spécial, singulier, donc plus beau, plus complet, plus heureux.

La plupart ignorent ces choses.

M'sieu Albert, avec qui je discute de cela, cherche encore à les excuser en répétant :

— C'est que jamais leurs parents ne leur en ont parlé...

— Pourtant, pour la plupart, le déracinement n'est pas tellement lointain pour qu'on ne se souvienne, à la maison, de la vallée, du village, de la demeure, du patois... ?

— On en a honte.

— J'en ai un qui s'appelle Puig. Il prononce Pouitch. Il est maigre, brun, musclé, sombre et fier, vindicatif et follement brave ; il est tantôt apathique et paresseux, tantôt animé d'un feu et d'une vitalité qui le font triompher, seul, de dix adversaires ou prendre la première place de la classe. Bref, ce ne peut être qu'un Catalan. Or je ne sais ce qui s'est passé, mais il se ferait hacher plutôt que de l'avouer. Lorsqu'on lui pose la question, il dit être « parisien », puisqu'il est né à Paris !

De même Guianvarc'h. Guianvarc'h n'est pas breton ! Même si on lui coupait le cou, il n'admettrait pas qu'il est breton : il est parisien.

— Curieuse aberration, murmure M'sieu Albert. C'est une des conséquences de l'uniformisation qui paraît être considérée partout, et surtout dès le début de l'enseignement public, par l'Académie, comme un progrès...

— Je me souviens des efforts véhéments de tous mes professeurs pour nous interdire l'usage du patois, par lequel, pourtant, ils auraient pu nous faire mieux toucher les origines du français et acquérir un vocabulaire prodigieux ! Lorsque mes collègues luttent, avec le sectarisme bien connu de l'Ecole normale, contre les « provincialismes » et tout ce qui peut rappeler nos origines et les particularismes français de nos régions, source pourtant de tant d'enrichissement, je sens bouillonner en moi quelque chose, comme une indignation filiale et une colère. Une saine colère. Car enfin, ce que j'ai de meilleur, c'est à ma tribu et aux singularités de mes ancêtres que je le dois, ce par quoi je ne ressemble ni à celui-ci, ni à celui-là, ce par quoi je suis moi, seule, inassimilable, séparée...

— Halte ! a crié M'sieu Albert. Vous venez de prononcer les mots qui vous condamnent. Votre ambition semble vous porter à vouloir être seule, inassimilable, séparée. Voilà le schisme. Vous vous retranchez de ce fait du monde moderne. L'ingénieur n'a pas besoin de vous. L'ingénieur, pour organiser ses plannings, veut compter sur des individus identiques, standardisés, qui ne seront que des unités, bien calibrées, grâce auxquelles il pourra calculer ses normes. C'est à la production de ces unités standard que vous êtes préposée, vous, à l'école primaire...

— Mais c'est affreux !

— Vous seriez-vous imaginée, par hasard, qu'on vous demandait de faire des petits Mozart, des petits Pascal, ou même plus simplement des petits bergers sculpteurs de racines ou fabricants de flûtiaux ?

— Mais mes collègues les plus orthodoxes n'arrivent à fabriquer que des blousons noirs qui refusent, précisément, et par les moyens les plus stupides, de devenir des robots, c'est vous-même qui me l'avez dit !...

Je n'ai transcrit ces quelques répliques que pour garder le souvenir de ces heures inoubliables que je passe avec mon ami, M'sieu Albert, auprès de qui il me semble que se ferment mes plaies.

Tossus nous a vus ensemble hier, et ce matin il m'a dit :

— Alors, à quand votre prochaine enquête sociale ?

Je n'ai pas eu le temps de répondre ; avec une grande violence il a repris ses attaques :

— Vous êtes folle d'aller vous fourrer partout comme ça ! Vous savez bien que c'est dangereux. Un jour, il vous arrivera malheur... Mais votre « curé » sera content, il aura suscité une vocation et vous aura aidée à cueillir la palme du martyre ! Ça fera bien, dans son dossier de canonisation !

— Mais...

— Taisez-vous. Vous êtes une gamine igno-
rante ! Vous ne savez pas ce qu'il y a d'orgueil et
de cruauté dans ces réformateurs, ces prêcheurs !

J'allais répondre. Il a hurlé, pour couvrir ma
voix :

— C'est un faux jeton, vous m'entendez, un
faux jeton ! Comme tous les prêcheurs, les réformateurs !

Bref, Vermenouze m'a remplie de joie. J'en ai
profité pour parler de l'Auvergne, des Auvergnats, de l'accent, du dialecte et du tempérament
auvergnats, et je voyais les narines de Vermenouze se dilater ; j'avais encore en mémoire une
leçon de M'sieu Albert sur le rugby auvergnat. Je
leur ai donc parlé de ce « jeu d'avant, peut-être
sans panache, mais terriblement efficace et bien
spécial, commandé par le gabarit, le poids, l'ana-
tomie, l'astuce, donc la race des joueurs ». C'est
alors que Puig, Puig le « Parisien », s'est dressé
comme un torero devant le toro. Ses yeux
jetaient du feu. Sans la moindre modestie il a
lancé, comme un défi :

— Madame, ce n'est pas du rrrrrruby, c'est du
rrruby de grrrrosse bourrrrique ! Le vrrrrai rrrruby, c'est le rrrruby catalan !

Là-dessus, Lamongie le « Parisien » a ricané,
et son camarade Bassagaitz a dit :

— Ecoute-les, ces minables ! Le vrai ruby, c'est
le ruby basco-landais !

Je les ai cinglés d'un : « Taisez-vous, les Pari-

siens, vous n'avez pas voix au chapitre ! » et ils
se sont tus, penauds, pris à leur propre jeu.

Si l'inspecteur avait été là, qu'aurait-il dit ? Je
serais curieuse de le savoir.

On a enchaîné sur une leçon d'écriture. Nous
en étions à la lettre M. J'ai donc écrit au tableau :
MURAT, et j'ai dit :

— Ça, c'est pour Vermenouze !

Et Vermenouze m'a lancé un long regard
humide et brillant.

Ce sursaut qu'ils ont eu hier, ce sursaut racial,
m'avait donné un bel espoir. Je voyais ces petits
émerger, enfin redevenus eux-mêmes, donc différents, de ce bain de similitude dans lequel ils
baignent. Ils avaient été, pendant un jour, des
individus, des seigneurs. J'avais même le naïf
espoir que les parents, à leur contact, allaient
avoir un sursaut de personnalité qui les pousse-
rait à répudier ces hideuses camelotes sans
caractère, ces Blanche-neige et ces Mickey que
l'industrie fabrique en grande série et dont ils
encombrent leur intérieur, pour reprendre les
objets usuels et les motifs traditionnels de leurs
provinces d'origine !

J'avoue que ma naïveté était grande. Tossus, à
qui je le confessais, m'a dit, avec son ironie habituelle :

— Que voulez-vous, chère collègue, vous ne
pouvez pas comprendre. Eux, ils aiment le beau
et ils sont évolués !

Après quoi, il a ajouté :

— Je vous prie de m'excuser pour ma méchanceté et pour ma grossièreté d'hier soir... Je suis vraiment ridicule...

Hélas, aujourd'hui le tohu-bohu de la rue, de l'auto, de la presse, de la radio, de la télé ayant remis la confusion dans les esprits, mes élèves sont redevenus des ilotes, des prolétaires, des apatrides, rougissant de leur nobles origines et se vautrant de plaisir dans leur déchéance. A tel point que j'ai entendu Puig le Catalan et Beugnot (un Lorrain), au cours d'un petit conflit, traiter Vermenouze de « paysan ».

D'ailleurs, on parle beaucoup de la lutte des classes en opposant la classe ouvrière et le patronat. En vérité, on devrait plutôt parler de la haine qui sépare l'homme des villes et l'homme des campagnes. Voilà bien les deux « classes » opposées, séparées par un gouffre qui se creuse jour après jour et, contrairement à ce que je croyais, ce sont les seconds qui voudraient sauter le fossé pour rejoindre les premiers. Curieux effet de la presse qui n'est écrite et parlée que par les gens des villes et dont les brillants papotages et les scintillants cancans font miroir aux alouettes.

La classe commence comme tous les jours.

Mes cinquante-deux élèves (on a encore admis quatre nouveaux qui sont installés sur le rebord de la fenêtre) font leurs petites installations quotidiennes en bavardant. Le silence est chose impossible, semble-t-il. Dès le début j'ai crié, j'ai puni : mes cris sont restés vains, les punitions n'ont jamais été faites. J'ai demandé l'expulsion : la direction a classé mes demandes sans même m'en parler. A la réflexion, d'ailleurs, il peut paraître illogique d'expulser un enfant de l'école dans un pays où l'instruction est obligatoire. Si l'expulsion était obtenue, les démarches du député ou d'un homme influent aboutiraient à la réintégration. Et tout le monde le sait. Donc tout le monde bavarde.

A vrai dire, ce n'est pas du bavardage. Chacun fait tout simplement ses petites réflexions à haute voix ou, plutôt, chacun dit n'importe quoi. Comme les speakers de la radio. Tout ce qui passe par la tête est bon. Ce n'est pas méchant, ça n'a pas beaucoup de sens, ce n'est pas forcément drôle, c'est souvent même gentillet, quoique un tantinet vulgaire.

Tout à fait comme à la radio.

Le blabla de la radio les a tellement imprégnés qu'ils le continuent. Ils n'ont d'ailleurs pas de peine à faire aussi mal. Les mots se laissent prononcer. L'important, c'est de meubler le silence, de continuer le bruit de fond, le nirvâna du bruit de fond.

Ils me font penser à une éponge tombée dans une cuvette et qui, une fois retirée, restitue le liquide qu'elle a emmagasiné malgré elle, sans joie et sans bénéfice. Bien mieux : ils ne peuvent plus se passer du bain de bruit.

L'un d'eux, au premier rang, m'a dit, aujour-
d'hui :

— Oh m'dame, ce qu'elle est moche, votre
écharpe !

Aucune effronterie là-dedans. Il m'aurait aussi
bien dit (cela s'est déjà produit) : « Ce qu'elle est
chouette, votre robe ! », ou même (cela s'est produit aussi) : « Oh didon, ce que vous avez de
beaux yeux ! » J'ai pu constater que ce n'était pas
par flagornerie. C'est pour dire quelque chose,
pour meubler, lorsqu'il se produit un silence.
C'est exactement comme le « Et maintenant et
maintenant mes chers mes très chers auditeurs
mes très chers auditeurs vous allez entendre
vous allez-z-entendre la grande la très grande
vedette la très grande vedette qui est auprès de
moi qui est auprès de moi devant le micro de la
radio diffusion machin, la très grande vedette
Suzon Flonflon, Suzon Flonflon qui est ici
devant notre micro, elle s'approche du micro elle
est blonde la voilà la voilà vous allez l'entendre
Suzon Flonflon qui va vous interpréter qu'est-ce
que vous allez nous interpréter ma chère Suzon
Flonflon... » etc., etc., etc.

Voilà le flot qui abreuve journellement mes
cinquante-deux petites éponges. Comment peut-
on exiger qu'ils parlent à bon escient ?

Les théoriciens de l'école nouvelle me diront :
Si vos élèves vous font naïvement des réflexions
sur votre écharpe ou sur vos yeux, c'est que vous
êtes une bonne institutrice, une bonne éducatrice. Cela prouve que « le contact est établi ».

Vous n'êtes plus « sur un piédestal ». A partir de cette appréciation sur votre écharpe, le vrai bon travail pédagogique peut commencer. Il faut saisir cette occasion et faire un cours sur l'écharpe, et vous avez gagné !

J'ai essayé.

J'ai piqué une tête en pleine pédagogie active. Mon écharpe servant de thème. Elle drape un coin du tableau et nous sommes partis à la découverte... Nous butinons, nous amassons des connaissances, nous faisons des fiches...

Après trente ou quarante minutes de cette « enquête » suivie d'une promesse, si on est sage, d'aller voir le bombyx au muséum, je propose une petite rédaction de cinq ou dix lignes sur questions précises. Je précise que j'avais écrit tous les mots au tableau au fur et à mesure des explications.

Voilà la réponse de type moyen :

« La soi et une bombe X qu'on tu pour la déroulé. On fé dé sécharpes. »

Pour donner toute sa valeur à ce document, je dois préciser que l'âge théorique de ma classe est de dix ans, l'âge moyen réel de douze, et l'âge réel de l'élève qui m'a remis cette copie de treize.

Comme on peut le voir, nous sommes loin du compte. Compte tenu de ces précisions, je pense que nous venons de perdre une heure à faire des âneries et que j'aurais bien mieux fait de consacrer cette heure à une leçon d'orthographe selon la vieille méthode.

Tossus, qui, aux récréations, ne me quitte pas

d'une semelle, éclate de rire lorsque je lui fais part de ma déception :

— Et alors ? Vous voulez réformer tout ça ? Quelle drôle d'idée ! Tout le monde est content : le PEUPLE l'a, son instruction gratuite, laïque ? L'INDUSTRIE les a, ses robots abrutis et ses consommateurs crédules ? Alors ? Qu'allez-vous tout bouleverser ? Nous sommes en plein développement industriel et social ! Tout va bien et Mlle Lorriot s'occupe de ce qui ne la regarde pas !

Il a continué sur ce ton, et il a terminé en ricanant :

— ... Et votre curé ? Qu'est-ce qu'il en pense, de tout ça ?

— Je vous dirai ça demain ! ai-je répondu.

Il a eu une drôle de grimace, douloureuse et méchante, puis, après un moment de réflexion, il a feint la plus grande indifférence pour dire :

— Vous allez le voir demain ?

— Vous y voyez quelque inconvénient ?

— Ne vous fâchez pas, mademoiselle Lorriot. Je vous aime bien... J'ose vous dire ça parce que je pourrais être votre papa... hélas !

J'ai effectivement parlé de « tout ça » à Albert. Lui, il en souffre. Il pense qu'il faut réformer la radio, la mettre entre les mains de gens qui... Réformer aussi la publicité, le cinéma, la presse, la télévision, les services sociaux, l'industrie, les allocations familiales, le... J'aurais meilleur compte à citer ce qu'il ne faut pas réformer. Il pense que l'on y parviendra. Il veut lutter dans ce sens. Il s'enflamme. Je pense que c'est à ce signe qu'on reconnaît un intellectuel. Quelle différence avec les gens des campagnes ! Une conversation avec mon père est un repos de l'esprit et de l'âme. Il parle du temps, des maladies du bétail et des remèdes immédiats. Il fait la part de la fatalité, se contente de ce que la grêle lui laisse. Une conversation avec Albert est au contraire une occasion de fatigue, de trouble. Tout est « problème ». On en arrive à supporter la misère et l'inquiétude de toute l'humanité. Une humanité que l'on voit alors toute petite, toute malade, et pourtant que j'aime discuter avec Albert !

Hier soir, il m'a confié ses espoirs : les garçons viennent à lui de plus en plus nombreux. Il pense pouvoir avoir sur eux une influence qui sera déterminante et, tout à coup, il s'est tourné vers moi et a dit :

— Pour les garçons, ça va. D'ailleurs, le garçon est plus sain qu'on ne le pense, mais il y a la question des filles. Si on ne travaille pas les filles, on n'a rien fait. Il faut que j'atteigne les filles, et pour cela, il me faut une femme.

J'avais le souffle coupé. Il continua, en me regardant droit dans les yeux :

— ... Et j'ai pensé à vous !

Que dire ? Que faire ? Est-ce une demande en mariage ? « J'ai besoin d'une femme », a-t-il dit. Je n'ai pas rêvé. Sans doute ne m'a-t-il pas pris la main comme on doit le faire en pareille circonstance. J'ai bafouillé :

— Je croyais que nous avions décidé de nous tutoyer ?

— Oh pardon, où avais-je la tête ? a-t-il dit, puis il m'a regardée bien en face et a répété, très simplement :

— ... J'ai pensé à toi.

J'ai minaudé comme il convient, mais pas trop. J'aurais donné cher pour faire cesser l'équivoque, mais comment faire ? J'ai répondu :

— Je suis une très mauvaise dame catéchiste !

— Je n'ai pas besoin de dame catéchiste. Je n'ai même pas besoin de catéchisme.

Il était très pâle. J'ai tenté le tout pour le tout et j'ai hasardé :

— Que diraient tes supérieurs s'ils t'entendaient ?

Il s'est levé brusquement, encore plus pâle, et n'a rien répondu sur-le-champ. Il était assez agité et, au bout d'un moment de réflexion, il a dit d'une voix douce où ne perçait pas la moindre révolte :

— Je n'ai d'autre « supérieur » que Dieu.

Que la vie est donc compliquée ! Et que les hommes la compliquent donc à plaisir !

Pour en revenir à la radio (il faut y revenir sans cesse, elle remplit le monde, elle nourrit le monde, elle gave le monde), voici ce qui s'est passé quelques jours après ces événements.

Au milieu de la classe de géographie, un

nasillement mirlitonesque, puis un flot d'harmo-
nies jaillissent du pupitre de Beaudard.

Sans se démonter, l'élève Beaudard continue à
manipuler les manettes d'un petit poste à transistor : ses voisins se rassemblent négligemment
autour de lui, alors que je tente de continuer le
cours.

C'est bien un poste à transistor. Il l'a apporté
dans son cartable et c'était de cet instrument que
sortait, encore déformé par la mécanique,
comme il se doit, le pur chef-d'œuvre de Sidney
Bechett : *Les Oignons*.

A la récréation j'avais déjà entendu, en vrac,
sans savoir d'où cela venait, *Cavalerie légère* de
Suppé, *Jésus que ma joie demeure* de Bach, par
Dinu Lipati, et un cha-cha-cha (quelle salade !)
pendant que tout le monde jouait au foot.

Cela venait, je le sais maintenant, du transistor Beaudard qui, avec l'approbation de tous,
sonorise, tout tranquillement, ma classe.

Je réagis immédiatement, bien entendu.

— Beaudard, apporte-moi cet appareil !

Vive réaction, bruits divers. Il me faut cinq
bonnes minutes pour obtenir que cette inesti-
mable boîte à bruit soit apportée sur mon bureau.
On me menace alors des pires représailles. On
commence par appliquer celle qui, dans toutes les
écoles du monde, je suppose, consiste à provoquer, par tous les moyens, le tintamarre. Je ne dis
rien là-dessus, je l'ai fait aussi, ç'est traditionnel.
Ce qui m'intrigue, c'est qu'un gamin apporte à

l'école un appareil aussi coûteux et aussi délicat. Sans doute l'a-t-il dérobé à la maison.

Je confisque donc l'appareil que je rendrai demain aux parents.

Le lendemain, une furie se précipite :

— C'est vous, la maîtresse ? Qu'est-ce que c'est que cette histoire de transistor ? De quel droit prenez-vous le transistor de mon petit ? A la fin j'en ai assez ! Si vous croyez que j'ai le temps de venir à l'école, je travaille, « moi », madame ! J'ai autre chose à faire que de venir récupérer un transistor !...

— Madame Beaudard, sans doute ?

— Oui, Mme Beaudard, et Mme Beaudard en a assez de ces histoires ! Maurice a bien le droit d'avoir un transistor, non ? On n'est plus au Moyen Age, non ? Le progrès, ça existe, oui ?

— J'ai confisqué l'appareil parce qu'il en était fait usage pendant la classe. Avouez que c'est bien gênant, pour un maître...

— Je n'admets pas qu'un maître se paye un transistor sur le dos de ses élèves ! Si vous voulez un transistor, achetez-le !

Je fais mine de ne pas entendre et je continue :

— J'ai décidé de ne pas remettre cet appareil délicat et coûteux entre les mains d'un enfant.

Mme Beaudard éclate de rire :

— On a ces appareils pour rien maintenant ! Une vingtaine de milliers de francs, pensez ! (La moitié de mon salaire mensuel.) Et puis, Maurice est très capable, croyez-moi. Il l'a déjà démonté et réparé plus de dix fois. Il en sait plus que vous, en radio, soyez tranquille ! Et puis enfin, mademoiselle, tout le monde a un transistor maintenant, voyons !

J'ai bafouillé :

— Vous avez une belle situation sans doute, mais il me semble qu'il est préférable d'habituer l'enfant à...

— Ça vous regarde ?... D'abord j'ai ma fierté : je suis ouvrière, mais j'ai ma fierté. Je veux que mon petit profite du progrès. Je ne gagne que soixante-dix mille francs par mois, mais je veux que mon petit profite du progrès...

— Vous êtes libre, madame, mais moi je vous préviens que je confisquerai tout transistor dont il sera fait usage pendant ma classe !

Mme Beaudard sort, l'appareil sous le bras, en disant : « C'est un monde, ça ! » Puis elle redonne le transistor à son petit qui assistait à l'entretien. Très calmement il le met dans son cartable et entre en classe, comme si rien ne s'était passé.

Voici, pour compléter le dossier Beaudard, la petite rédaction sur la soie, de Maurice Beaudard (douze ans) qui en sait dix fois plus que moi sur les postes de radio, ce que je ne conteste d'ailleurs pas :

« ON FAI LA SOI AVEC DES PAPION QU'ON ME DANS L'EAU CHAUDE LA SOI EST TRÈS BELLE. »

Ecriture : 3 sur 10.

A titre de comparaison, voici une rédaction de mon arrière-grand-mère, prise au hasard dans une liasse de devoirs trouvée dans le grenier de Trézilly. Elle est datée de 1878. Cette grand-mère avait alors à peu près le même âge que le jeune Beaudard.

C'était une élève très moyenne. L'écriture est calligraphiée, quoique naïve, avec pleins et déliés et un bel envol de boucles.

« Sur le chemin de l'église, tout près de l'école, j'ai trouvé une pensée. Oh, qu'elle était jolie cette petite pensée de velours violet avec son cœur jaune, comme un petit œil qui me regardait, etc. »

Sans commentaire.

Aujourd'hui est revenu l'élève Christian Piedgros, dit « Gros bras », dit « Bras de fer ». Age : quatorze ans. Je répète que l'âge théorique de la classe est dix ans.

Voici la fiche de Christian Piedgros : « A poussé, sous la menace d'un couteau à cran d'arrêt, son camarade, le jeune Serge Pignard, huit ans, à s'emparer d'oranges exposées à la vitrine d'un épicier. »

L'enquête a fait ressortir que, depuis plus de deux ans, il conduisait ainsi, sous la menace, une bande de jeunes enfants qui devaient lui remettre le produit de leurs larcins.

A la suite de ces rapports, l'élève avait été exclu de l'école en juillet 1960. Il y rentre aujourd'hui, des démarches ayant été faites par le député de la circonscription. Le père, la mère et les deux grands frères doivent être de très bons électeurs.

Quatre voix, ça vaut la peine de se déranger. J'ajoute que mon prédécesseur avait été déplacé à cette occasion.

Christian Piedgros est très narquois. Assez sympathique au demeurant, grand, fort, très bien vêtu. Avec quatre salaires, environ trois cent cinquante mille francs à dépenser par mois, on peut s'habiller richement. (En ce siècle d'argent, l'instituteur qui ne gagne que cinquante mille anciens francs donne-t-il un enseignement qui puisse être pris au sérieux ?)

Ce qui caractérise le climat de l'enseignement moderne public, c'est bien cela justement. Le livre que j'écris ici en notant au jour le jour mes impressions et les faits précis qui illustrent ma journée d'enseignante est, de ce fait, tout autre chose que le même livre que Frapié écrivit il y a seulement cinquante ans. On ne peut plus écrire *La Maternelle*. A cette époque, la classe ouvrière était pitoyable parce que pauvre. Aujourd'hui, je crois bien qu'il n'y a plus de famille ouvrière pauvre. Dans ma classe, il n'y a probablement pas plus de cinq familles qui aient moins de mes cinquante mille francs pour vivre. Et la plupart disposent de sommes importantes atteignant quelquefois plus de cinq cent mille francs ! S'ils sont pitoyables, c'est pour des raisons que ce compte rendu fait ressortir.

Mais revenons à Christian Piedgros. Dès son arrivée à l'école, il reprend en main son personnel et cela aboutit à l'événement suivant : le jeune Galipot (Rudolph) bavarde avec son voisin

Jacques Charrier (c'est son nom, je n'y peux rien). Il lui montre quelque chose en riant :

— Galipot ! Apporte-moi ce que tu tiens !

Galipot empoche immédiatement l'objet litigieux. J'insiste. Peine perdue. Je questionne Jacques Charrier qui, être faible et un peu désaxé, avoue :

— C'est trois cents francs !

— Qu'est-ce que c'est que ces trois cents francs ?

— C'est Galipot qui a vendu son carnet de timbres antituberculeux à un monsieur.

Tout le monde rit, sauf moi. Après explications, il ressort de toute cette histoire que Galipot a vendu des timbres au détail. Il m'a remis l'argent. Qu'il a ensuite vendu adroitement la couverture du carnet *vide*, à un passant trop naïf et enfin que c'est le « caïd » Piedgros, dit « Gros bras », qui lui a commandé de faire cette opération lucrative et de lui remettre l'argent.

— Galipot, est-ce vrai ?

Galipot hésite puis avoue :

— Oui, m'dame !

« Gros bras » se lève alors, s'approche calmement de Galipot le traître et, sous mes yeux, l'étend raide sur le sol d'un crochet au défaut de la mâchoire, puis retourne tranquillement à sa place en disant :

— Voilà comme je règle les mouchards, moi !

J'ai fait tout de suite appeler le directeur.

Tout le monde a été d'accord pour convenir que j'étais responsable, non que l'on m'accusât d'être la cause de ces incidents, mais parce que tout cela s'était produit au cours des heures de classe pendant lesquelles le maître est civilement responsable.

On a recueilli les témoignages des élèves, qui ont fait des déclarations contradictoires, comme chaque fois qu'il y a pluralité de témoignages, mais de l'ensemble de ces rapports enfantins se dégageait une vérité, absolue aux yeux de la loi, qui m'était « quand même » favorable, m'a dit le directeur.

Hélas, à midi, les parents de Galipot, l'assommé, sont venus :

— ... Il s'agirait de s'entendre, hurlait Mme Galipot, êtes-vous oui ou non la maîtresse ? Vous vous rendez compte ! On ne peut même plus être tranquille en mettant son enfant à l'école !... A fallu qu'on demande trois heures de permission, mon mari et moi, pour venir régler cette affaire ! Trois heures qui nous seront retenues ! Vous vous rendez compte ! Alors vous le faites, vot'boulot, oui ou non ? C'est vrai aussi, à la fin. On vous les envoie pas pour organiser des maches de boxe !

J'ai fait observer que le grand Piedgros avait été renvoyé de l'école pour vol, incitation au vol, port d'arme prohibée, attaque à main armée sur la personne de l'instituteur, qu'en conséquence il n'aurait jamais dû reparaître à l'école ni même rentrer dans l'enseignement normal, mais le directeur a couvert ma voix. Mme Galipot, d'ailleurs, criait tellement fort qu'elle ne m'avait pas entendue.

— ... Une chance, m'a dit le directeur par la suite, car si elle vous avait entendue, ça aurait fait un drame !

Il est visible que, si l'on doit trouver un responsable dans cette affaire, ce sera l'institutrice ; mais j'ai tout lieu de supposer qu'on étouffera l'affaire... Car il y a M. Piedgros père.

Restait cette histoire de trois cents francs.

Je n'ai pas le droit de conserver l'argent confisqué aux élèves. Je ne peux pas les rendre à Galipot, puisque c'était le produit d'une escroquerie. Je ne peux pas les rendre à leur propriétaire, le passant inconnu. Alors que faire ?

Galipot, lui, a trouvé une solution : il est venu, tout simplement, me réclamer « ses » trois cents francs. (Ne les avait-il pas gagnés par son astuce et ne devait-il pas les remettre à Piedgros, le chef ?)

J'ai refusé de les lui rendre. Galipot a fait, sur-le-champ, un scandale devant une classe très houleuse. C'est alors qu'une voix s'est élevée :

— Al les rendra pas ! Al est fauchée !

C'était la voix de Pardieu. C'est à ses parents que j'avais eu la sottise de dire, devant l'enfant, que je ne gagnais pas cinquante mille, alors que la mère, bobineuse, en gagnait à elle seule quatre-vingt mille. On avait dû bien rire, à la maison, après mon départ.

Il y a eu, à la suite de ces incidents, une sorte de réunion, toute fortuite d'ailleurs : par hasard, la mère de Galipot s'est trouvée dans le bureau du directeur en même temps que les parents de Piedgros dit « Gros bras ».

Pour éviter d'être la tête de Turc, le directeur m'a fait venir et, de ce fait, est passé dans le camp des parents contre moi. J'ai fait figure d'accusée, une fois de plus.

Mme Galipot (celle dont le fils a été mis knock-out) était acharnée, non pas contre l'assommeur de son fils, comme il eût été normal, ni même contre les parents de cette petite gouape, mais contre moi.

Voici une retranscription approximative du dialogue :

Mme GALIPOT *(la mère de l'assommé).* — On voudrait quand même être tranquilles quand qu'on envoie les enfants à l'école ! Y a pu moyen d'être tranquilles si les instituteurs les regardent se tuer ! *(sic)*

M. PIEDGROS *(le père du tueur).* — Ce n'est pourtant pas difficile de surveiller les gosses !

MOI. — Que n'en chargez-vous Mme Piedgros pour le temps que votre fils passe en dehors de l'école, puisque c'est en dehors de l'école qu'il exerce son métier de gangster ?

M. PIEDGROS, *se rengorgeant.* — Ma femme n'a pas le temps ! Ma femme travaille, mademoiselle !

MOI. — C'est peut-être pour ça que votre fils est malfaiteur ! Si elle restait au foyer...

LE DIRECTEUR. — Mademoiselle Lorriot ! je vous interdis !

LA MÈRE DE L'ASSOMMÉ. C'est un monde ! Entendre ça au XXe siècle !

LA MÈRE DU TUEUR. — ... On les connaît, les femmes qui ne travaillent pas ! Ça couche, ça se balade et leurs enfants sont plus mal élevés que les autres !

M. PIEDGROS *(le père du tueur)*. — Et d'abord, mademoiselle, je ne vous permets pas de donner votre avis ! Nous vous payons pour éduquer nos enfants et non pas pour juger les parents !...

C'est la première phrase bien construite. M. Piedgros, le père du tueur, est d'ailleurs très bien. J'apprendrai plus tard qu'il est ingénieur social et s'occupe de l'orientation des ouvriers au bureau d'embauche d'une grande firme d'auto-mobiles.

Je reste muette, trop saisie par la formule « nous vous payons » pour pouvoir prononcer une parole. Pour un peu, j'aurais cru entendre Louis XV. Le voilà bien, le « peuple souverain » !

A l'issue de cet entretien, le directeur m'a dit :

— Très bien ! Vous avez été très bien !

— Je ne comprends plus rien, monsieur le directeur, devant les parents j'étais responsable, que dis-je : j'étais *le* coupable, et ici...

— Combien de fois devrai-je vous le répéter, mademoiselle Lorriot ? Ne vous inquiétez jamais de ce que je vous dis devant les parents. Ils ont raison. Quoi qu'il arrive, ils ont raison ! Le

peuple est souverain ! (Nous y voilà.) Ils sont ins-
truits, ils sont libres, ils sont intelligents, ils sont
informés, ils ne sauraient avoir tort ! Je vous l'ai
dit dès le premier jour : c'est l'instituteur qui doit
avoir tort.

Très excitée, j'ai fait les cent pas dans la cour
pour me calmer. J'ai été happée par les collègues,
qui, à brûle-pourpoint, m'ont demandé en riant
qui gagnerait dimanche prochain le match Reims-
Nîmes. J'ai répondu en leur racontant tout.

Bien entendu, ils étaient au courant de mes
aventures. En gros, ils m'ont tous dit : « Ne vous
en faites pas, ça s'arrangera ! » Puis, une fois de
plus, nous avons fait le tour de l'horizon scolaire
et Tossus a résumé ce que tout le monde avait
exprimé avec plus ou moins de bonheur :

— Vu le nombre d'élèves qu'on nous impose.
Vu l'état d'esprit de la marmaille et des parents,
l'école publique doit être considérée comme une
garderie pour les enfants de trois à quatorze ans,
voire même jusqu'à seize et, bientôt, jusqu'à dix-
huit (pour camoufler le chômage, a-t-il ajouté).
Une garderie laïque, gratuite, publique et obligatoire !

» En conséquence, et compte tenu de la modi-
cité de son salaire, l'instituteur doit se borner à
être un « jardinier d'enfants ». Il doit se conten-
ter, si l'on ose ainsi s'exprimer, de prendre en
charge les mouflets du peuple tous les jours, de
huit heures à dix-sept heures pour permettre aux
parents d'exercer leurs libertés individuelles,
sociales, collectives, par quoi ils ont la certitude

d'être des citoyens conscients, organisés et souverains !

» Messieurs, a-t-il ajouté, nous sommes les domestiques et les guignols du peuple. Cessez de considérer que nous sommes ses maîtres, au sens pédagogique du mot. Dès lors, pourquoi exiger de nous de posséder tel ou tel diplôme ? Les instruire ? A quoi bon ? Est-ce nécessaire ? Est-ce bon pour eux ? Puisqu'une double bachelière presque licenciée gagne moins qu'une bobineuse illettrée ?

— Tossus, vous exagérez beaucoup ! s'est écrié un collègue.

— J'exagère ?... Mais voyez un peu ce qui se passe entre nos élèves, leurs parents et nous ! Ils connaissent tous nos devoirs et tous leurs droits et...

J'ai cessé de l'écouter. Ce qu'il dit me paraît, hélas ! tellement juste que je ne puis plus supporter le son de sa voix. Les dures vérités qu'il prononce sont tellement douloureuses que tout le monde les nomme « paradoxes ».

En rentrant dans ma chambre, dont on vient de m'informer que le loyer mensuel passait de quinze mille à vingt mille anciens francs, j'ai lu les notes prises aux dernières conférences pédagogiques faites par notre très distingué inspecteur. J'ai relu notamment une de ses premières phrases qui prend maintenant toute sa saveur :

« Il faut donner à la jeunesse française le grand bain de réalisme dont elle a besoin. »

3

LES CANARDS SAUVAGES

Ce matin, je suis partie un peu plus tôt que d'habitude. Il était sept heures trente environ. Le brouillard parisien saturait la nuit. Les lumières se délayaient en halo dans une petite pluie fine et de longs pans de murs sombraient dans l'ombre gluante et empuantie par trois usines, dont une centrale thermique.

Et j'ai vu...

J'ai vu, dans la nuit, des femmes pousser des voitures d'enfant. Courant presque, des jeunes femmes traversaient les rues, le regard un peu perdu. Les enfants étaient endormis dans leur voiture. Tous les âges, depuis un an jusqu'à cinq. J'ai d'abord hésité, puis j'ai compris que c'était l'heure des bébés parisiens.

Bien avant que se lèvent les chefs de bureau, les bébés font des courses hallucinantes dans les rues ténébreuses et froides de Paris. Les bébés que « les mères qui travaillent » conduisent à la crèche, à la garderie, à la maternelle.

J'ai compris que, pour ces gosses, c'est le réveil à six heures et demie, on les habille en hâte, on les charge sur des charrettes et en avant !

En courant, les mères qui travaillent parlent seules, comme des folles. J'ai voulu en écouter une. Elle disait, elle murmurait, par saccades : « Le jambon... à midi... J'irai à la porte... pas trop tard... Les sardines... Ah ! zut ! j'ai oublié la carte... tant pis... demain... Christian, tiens-toi droit... Une boîte de pâté suffira... oui... Christian ! oh ! alors, vous savez !... Oh ! mais... je lui dirai : je n'ai pas le temps... Christian, ne te découvre pas !... » etc.

Elles filaient toutes dans la même direction : la garderie du quartier, sans doute.

Dans le métro, il y en avait aussi, mais là, pas de voiture. Les mères portent leur enfant sur un bras. Sur l'autre bras, c'est le sac individuel de bébé : bouteille Thermos, petite timbale, boîte de farine et une couverture.

Quelle pitié ! Parfois le mari est là aussi. On se partage les fardeaux. Conversation haletante : « Tu vois, on s'est encore levés trop tard... Monte vite... Mon sac ! où est mon sac ?... Je l'ai... Ah ! bon... hier on avait eu le 58... Tu crois qu'il va t'engueuler ?... M'engueuler, non, mais ma prime saute !... Tu vois, il faut prendre le 58, autrement, on est à la bourre... T'as qu'à te manier le train !... » etc.

Puis ils s'endorment, l'enfant glissant des bras

maternels, puis on se réveille en sursaut, à la station, et on se sépare sans se regarder : « R'voir ! » « R'voir ! »

Pas de gymnastique. Le gosse est happé par l'engrenage de la colonne montante. Il ne comprend rien. Il voudrait dormir...

L'heure des bébés.

Et je me suis mise à penser à mes élèves : ils sont là, mes élèves. Dans quatre ou cinq ans j'aurai ces petites larves devant moi, sur les bancs du cours moyen. Depuis leur sevrage, ils auront été tirés ainsi de leur sommeil, habillés en hâte, rabroués, trimbalés, lancés au passage dans le guichet de la garderie qui n'est (oui, Tossus a raison) qu'une Assistance publique à la petite journée, un « Tour des enfants quotidiennement abandonnés », pour être repris au vol, à sept heures du soir, par une femme dont on leur dit qu'elle est leur maman.

Arrivée à l'école, je les regarde. Ils sont impolis, instables, mal élevés, grossiers et inconscients, comme d'habitude, mais je n'ose les punir.

On ne punit pas les victimes, on les plaint.

On ne punit pas les malades, on les soigne.

Mais alors, plus d'enseignement ni d'éducation possibles.

Tossus a encore raison : peut-être suis-je la seule à m'imaginer qu'il faille les instruire et les éduquer ?...

Mais où tout cela nous conduit-il ?

J'ai engagé la conversation avec une de ces femmes. Je la plaignais d'être obligée de mener cette vie d'enfer, si préjudiciable à la santé physique et morale de l'enfant, mais elle a répondu en parlant de leur « voiture ».

J'ai insisté, car je n'étais pas sûre d'avoir bien entendu. Eh bien, oui, cette femme, qui condamne son petit enfant à ce bagne pour « aller travailler » sous prétexte qu'elle est dans la misère parce que la paye de son mari ne peut pas suffire, possède une « voiture » !

Ce ne serait donc pas le besoin qui pousse la mère à cette démission. Ce serait plutôt... la voiture ?

Ne jugeons pas.

— C'est... la connerie ! hurle Tossus, à qui je pose naïvement la question.

Ah ! oui, il faut vraiment les aimer pour ne pas les trouver ridicules, ou même méprisables ! Je parle des parents, bien entendu.

Mais, j'y pense, ces parents appartiennent aux générations de 1920-1935, une époque où la crise scolaire n'existait pas, une époque de classes creuses et où il y avait assez de maîtres, assez d'écoles. Ce sont donc de purs produits de cet enseignement laïque, d'une part, et libre d'autre part (il était florissant à ce moment-là, ne l'oublions pas).

— Quelque chose est donc venu les pourrir ?

dis-je à Albert, près de qui je suis allée m'épancher.

— Ne serait-ce pas le « progrès industriel » ? a-t-il murmuré.

— Comment faire, alors, pour arrêter cela ?

— On n'arrête pas le progrès industriel...

A la récréation, j'arrive avec le livre que je suis en train de lire. On me demande : « Qu'est-ce que vous lisez là ? » Je montre le livre : c'est Montherlant.

Ça jette un froid.

Montherlant, aux yeux de mes collègues, n'est pas digne d'intérêt, il est même « abject ». C'est « un odieux bonhomme » qui aime torturer les toros. C'est un vilain monsieur qui est dur avec les femmes et certainement leur a refusé le droit de vote. Ce n'est donc pas un démocrate. Combattre les toros et les femmes, s'opposer à la libération des toros et des femmes, c'est se mettre dans le camp des fascistes.

Ils s'étonnent qu'une institutrice du peuple s'intéresse à Montherlant, d'abord en tant que femme, ensuite en tant qu'institutrice, et surtout en tant que citoyenne.

Je réponds que j'aime le style. Que l'opinion m'importe peu, au fond. C'est la façon de l'exprimer qui me plaît.

Ce sont là des vues d'artiste, paraît-il. On s'étonne. On ne comprend pas. Les plus perspicaces me regardent avec méfiance, car il faut se méfier des esthètes. On ne doit juger les gens ni sur le style ni sur leurs actes, mais sur leurs opinions.

On me conseille de lire Zola. Zola, voilà un grand écrivain, le plus grand écrivain français. Après Victor Hugo, bien sûr.

Je bondis : Zola ? L'âne qui a écrit *La Terre* ?

On me répond : *La Terre* est un chef-d'œuvre immortel.

— *La Terre* ? Une ordure ! Peut-on écrire de semblables ordures sur le paysan français ?

— Mais c'est, au contraire, le portrait frappant du « cul-terreux » !

Et on m'explique, à moi, ce que c'est que le paysan, à moi qui ai été élevée dans une maison de culture, bien modeste, où la famille vit depuis dix générations ! On m'explique que le paysan est abruti d'alcool, d'ignorance, d'ennui et de saleté. Il est inintelligent, arriéré, avare et réactionnaire. D'ailleurs le paysan bat son chien, c'est tout dire !

Celui qui vient d'ajouter ce dernier trait a une chienne qu'il nourrit au chocolat, qu'il affuble d'un petit manteau, qu'il séquestre dans son appartement et à laquelle il empêche d'avoir des petits. Ce n'est pas lui qui laisserait cette pauvre petite bête coucher dans la grange, ni qui lui jetterait des os ! Elle est si intelligente ! Et plus affectueuse que bien des hommes, allez !

On nage en pleine parigoterie. On prétend vibrer d'amour pour le canari qu'on encage.

J'explique que l'os, la rapine, l'errance, la rudesse du hasard sexuel constituent le paradis du chien comme la terre humide de l'hiver est le paradis du grain de blé, je perds mon temps, je suis cataloguée, classée avec les populations paysannes dans les ténèbres de l'ignorance et la crasse. On me dit que les gens des villes sont, au contraire, éclairés, que c'est fatal puisque le paysan vit perdu dans l'abjecte solitude, « loin de tout » (alors qu'il est aux sources de tout), tandis que le citadin, baigné de vie sociale, est tout près des « moyens de documentation » (alors qu'il est coupé de la nature) et connaît... l'hygiène !

Je réponds en leur montrant le pauvre niveau sanitaire, moral et intellectuel de nos élèves et de leurs parents. Ils n'en démordent pas : le paysan est immonde.

Seul Tossus se tait. Il est né de mère vendéenne et son enfance s'est passée près de Parthenay. S'il parlait, ce serait pour me rappeler ce qu'il me disait l'autre jour sur le fossé qui sépare les deux grandes classes sociales, les deux seules classes sociales : celle qui connaît la nature et celle qui l'ignore.

Quant à moi, je suis rouge d'indignation, mortifiée, désespérée : « Voilà comment les maîtres de l'instruction publique voient mon père ? »

Si les maîtres à penser en sont là, comment s'étonner que mes élèves renient leurs ascendances paysannes ? Comment s'étonner surtout que les paysans quittent leur obscur village pour s'approcher de ce phare éblouissant qu'est la grande ville et tenter de s'incorporer à ces

« admirables » populations urbaines qui confondent « social » avec « grégaire », « activité » avec « agitation » ?

Fin du trimestre.

Tout le monde est souriant. Grande animation, un peu provocante mais sympathique. Au moment où je commence ma classe, après l'appel, Lamora, Beugnot, Vingris, Leroy, Le Cam, Planès se lèvent, tous porteurs d'un volumineux paquet ; avec une grâce de débardeurs, ils jettent leur fardeau sur l'estrade et esquissent un compliment :

— Voilà... C'est pour votre « petit Noël » !

Je déballe. Il y a là :

Un coffret, très laid et très clinquant.

Valeur. . . . . 10 000 F

Un châle de très mauvais goût.

Valeur . . . . 8 000 F

Un séchoir à cheveux (électrique).

Valeur. . . . . 5 000 F

Un moulin à café (électrique).

Valeur. . . . . 3 000 F

Trois disques (jazz et musette).

Valeur. . . . . 5 000 F

Un très beau bouquet de fleurs.

Valeur. . . . . 2 000 F

Un excellent livre d'Haroun Tazieff,
Les Rendez-vous du diable.

Valeur. . . . . 1 500 F

Au total : près de cinquante mille francs.

Première minute : les larmes me montent aux yeux, puis devant la laideur, le mauvais goût de certains de ces objets, devant cette surabondance surtout, j'en arrive à trouver cette démarche déplacée, grotesque, ridicule, perverse même.

On va dire de moi : cette fille est impossible, elle se plaignait que ses élèves manquassent de respect, de gentillesse, d'éducation. Ils la couvrent de cadeaux et elle est choquée.

Eh bien, justement, cette générosité, cette munificence procèdent du même déséquilibre qui les conduit à mal faire. Excès en tout. A la fois mépris de l'argent et culte de l'argent, psychose maladive de l'achat, conséquence de l'effarante action de la publicité sur les masses, et puis aussi orgueil, naïve mais piquante utilisation de la « puissance d'argent » pour tenter de corrompre l'institutrice. M. Piedgros, par exemple, le père de la petite gouape délinquante, a donné trois mille francs. Ceci, d'ailleurs, a faussé la collecte, car, visiblement, c'est la riche famille Piedgros (quatre salaires), très compromise par son voyou de benjamin, dit « Gros bras », qui a lancé la collecte en s'inscrivant en tête pour la somme, disproportionnée, de trois mille francs. Le pauvre petit Abderrahmane, par exemple, s'est cru obligé, par orgueil, de suivre, et a donné huit cents francs, somme énorme pour lui.

Oui, c'est, à proprement parler, un scandale.

Je fais la part de cette émulation malsaine, mais je constate sur un autre plan que, pour un

Noël auquel ils ne croient plus (je veux parler du Noël chrétien), chacun de ces enfants d'ouvriers qui se disent mal payés a donné, en moyenne, mille francs pour accabler de cadeaux inutiles l'autorité qu'ils ne respectent plus.

Chacun ? Non. Les listes, soigneusement dressées, avec les sommes inscrites devant les noms (méthodes bien connues dans le milieu) font ressortir que cinq familles n'ont rien donné.

Par curiosité voici la place, au classement trimestriel de ces cinq élèves « qui n'ont rien donné » : Pinchet, 2e ; Martin, 4e ; Ledru, 5e ; Rossignol, 7e, et Mignard, 12e (malade pour deux compositions).

Ainsi, à peu de chose près, les meilleurs élèves n'ont rien donné. Ce sont aussi ceux dont « les mères ne travaillent pas ». C'est donc chez ces honnêtes gens que j'irai en visite pour parler de leur enfant. Bien bourguignonne, je m'intéresse d'abord et surtout à ceux qui ne font rien de particulier pour attirer mon attention.

Le premier de ma classe, Nguyen Hunn, a, il est vrai, donné mille francs, mais c'est un cas spécial : Nguyen est cambodgien et, quoique supérieurement intelligent, fait ce que l'on appelle, je crois, un complexe d'infériorité. J'aurai l'occasion d'en reparler.

Récréation.
Un groupe louche près des W.C. Je m'approche. L'attraction ne fait aucun doute. C'est telle-

ment brutal et sordide, dans sa simplicité, que je n'ose intervenir. Gênée, je m'efface et je rallie le groupe de confrères qui, bien tranquillement, fait son aller et retour sous le préau en parlant du match Nîmes-Monaco.

On me demande la raison de mon trouble. Je m'explique et tout le monde éclate de rire : « C'est Gasquer. »

Tossus me présente Gasquer : c'est un gamin écœurant, assez déjeté, que les parents louent à des petits vieux, à d'anciens militaires coloniaux qui traînent par là, parmi les Arabes solitaires...

Tossus ajoute :

— J'y vais.

Il s'approche du groupe, porte son sifflet à sa bouche, en tire des sons stridents. L'attroupement fond comme par enchantement, parmi les ricanements. Tossus revient :

— Ma pauvre petite ! Où êtes-vous venue vous fourrer ?

En rentrant chez moi, cette phrase de l'inspecteur a tourné dans ma tête : « ... Il faut donner à la jeunesse française le grand bain de réalisme dont elle a tant besoin ! »

Aujourd'hui, la femme de service est passée dans toutes les classes pour retirer les encriers. Je lui ai demandé pourquoi :

— Ordre de monsieur le directeur ! a-t-elle ronchonné.

Puis elle m'a expliqué ensuite :

— Une semaine avant les vacances, on retire tous les encriers... C'est trop dangereux. Pensez ! Y sont tellement excités qu'y s'battent à coup d'encriers. Y a eu des blessés, et comme le maître est responsable *(sic)*, y vaut mieux qu'on vous les enlève !

Je dois dire que ces encriers sont vides. Ils ont été remplis une seule fois, à la rentrée, et l'encre a séché, faute d'emploi, parce qu'aucun élève n'a plus besoin d'encre aujourd'hui. Ils ont des stylos, et même d'excellents stylos. Souvent des stylos de valeur et les plus pauvres ne sont pas les plus mal équipés à cet égard. Pour gribouiller les pires âneries pour lesquelles la note zéro est un euphémisme, les plus minables ont, entre les mains, un stylo de mille francs. Ils passent d'ailleurs leur temps à le démonter pendant la classe et, par conséquent, doivent en changer tous les quinze jours. Les parents ont l'air de trouver ça naturel. Un bon porte-plume en bois de vingt francs ferait bien mieux l'affaire, mais on me répondra qu'on n'est plus au Moyen Age et que le rejeton a droit au progrès...

La faute d'orthographe se doit d'être hors de prix, comme toute chose. Que diable ! est-on oui ou non à l'âge du batteur d'omelette à trente mille francs ? de la brosse à chaussures électrique à cinq mille francs ? Le petit épicier du coin coupe-t-il son jambon (qui n'est que de l'épaule, et encore) avec un couteau rotatif chromé qui coûte au bas mot deux cent mille francs ? Alors ne nous faites pas un drame pour deux malheureux billets de mille anciens francs !

Quoi qu'il en soit, à l'approche des grandes fêtes ou des vacances, on retire, par prudence, les encriers !

Une grande époque. Oui.

Visite médicale systématique pour la vue. Le camion est venu s'installer sur le boulevard, juste devant l'école, et tous mes bonshommes passent sur la sellette.

Résultat : sur cinquante-deux élèves, j'ai trente-sept enfants ayant moins de cinquante pour cent d'acuité visuelle.

Je n'ai aucune connaissance en la matière, mais cela me paraît énorme. J'en glisse deux mots au médecin fonctionnaire qui dirige le camion sanitaire :

— C'est effroyable ! répond-il. Et partout c'est pareil !

— Il me semble que « de mon temps »...

— Mais bien sûr ! Jadis, presque tous les enfants avaient cent pour cent. Mais depuis cinq ans, c'est la catastrophe !

— Pourquoi, depuis cinq ans ?

— La télé !... Ce sont des enfants qui regardent la télévision.

— Est-ce possible ?

— Faites votre enquête et vous verrez.

Il me donne les noms des borgnes et je les questionne. Voici le résultat de ma petite enquête : sur trente-sept enfants ayant moins de cinquante pour cent, trente-trois sont téléspectateurs assidus. Voici la réponse type :

— Où vois-tu la télé ?

— A la maison (soixante-dix pour cent).

— Au café (trente pour cent).

— A quelle heure ?

— Au repas de midi et le soir.

— Jusqu'à quelle heure ?

— Minuit.

— Tes parents ne t'envoient donc pas au lit ?

— Non (cinquante pour cent).

— Si (cinquante pour cent) mais je regarde depuis mon lit. Mon lit est dans la salle à manger.

— Tu regardes tout le programme ?

— Oui. Quelquefois mes parents me défendent de regarder, mais je regarde quand même. Je fais semblant de dormir.

— Combien y a-t-il de pièces dans votre logement ?

— Une (trente pour cent).

— Deux (cinquante pour cent).

— On a souvent parlé, et on parle encore d'enfants martyrs, s'écrie Albert, à qui j'ai conté la chose, mais a-t-on pensé à ceux-là ? Leurs parents sont vraiment des tortionnaires, et aucune loi n'est encore intervenue pour protéger les victimes ! Mais qui prendrait l'initiative d'une telle loi ? Ce courageux législateur aurait contre lui les marchands de postes de télévision, les marchands de lunettes...

— Mais il serait soutenu par les directeurs de salles de cinéma, et par... les instituteurs, je suppose ?

— Scandale... scandale partout, grommelle M'sieu Albert en serrant les poings. Tous nos petits sont entre les mains de...

Il n'achève pas. Il reste exalté, les yeux dilatés, les mâchoires serrées.

J'aime bien le voir ainsi, mais je préférerais encore le voir me faire une déclaration, ou me prendre un baiser... Mais rien.

S'il n'est pas prêtre-ouvrier, il est certainement très chaste... ou très timide.

Hier dimanche, l'école a été cambriolée.

Quelqu'un a découpé une vitre avec adresse. On est entré dans le bureau du directeur, on a forcé un tiroir de son secrétaire, celui où il place l'argent de la cantine. Cet argent a disparu. Ensuite on a lacéré les vitres de la bibliothèque à grands coups de diamant et on a... posé culotte sur le fauteuil directorial.

La police est venue. L'inspecteur, ou le commissaire, qui a fait l'enquête a relevé des empreintes digitales.

— Doigts et excréments d'enfants ! a-t-il conclu.

En accompagnant les rangs jusqu'à la porte, j'ai vu, un peu en retrait sur le trottoir, la silhouette de M'sieu Albert. Comme d'habitude, mon sang n'a fait qu'un tour.

Il m'a fait un petit signe. J'ai compris : « Je voudrais vous parler. Je vous attends ici. »

Je suis rentrée chercher mon sac et j'ai attendu un peu. J'étais folle d'impatience, et pourtant j'ai retardé volontairement le moment de le rejoindre. Réflexe de femelle.

Enfin je suis sortie et je l'ai rejoint. Il avait l'air plus effacé que jamais. Pourtant c'était lui qui, cette fois, faisait la démarche. Assez gauchement il m'a dit :

— Je viens pour les cambriolages.

— Tu connais les coupables ?

— Oui. Trois « des miens ».

— De braves petits, bien sûr ! ai-je dit avec ironie.

Il m'a regardée, l'air navré, puis, avec un geste d'excuse :

— Hé oui, de braves gars !

Nous avons marché devant nous. Il faisait un froid noir. Les rues avaient la laideur de l'hiver citadin où, seuls, les cafés ont de l'attrait. Je me doutais qu'avec lui on se serait plutôt laissé geler sur place que d'entrer dans un de ces établissements.

Nous avons suivi les rues, puis les boulevards extérieurs, très sombres à cette heure. Au hasard. Nous n'allions nulle part ; nous marchions pour parler. Petit à petit, j'ai senti le sang battre dans mes veines, ma peau s'est mise à vibrer joyeusement sous la morsure du froid et cela m'a rappelé ma vie paysanne.

Albert a présenté la chose ainsi :

— C'est un groupe qui s'est mis à cambrioler par la force des choses.

— D'après toi, on peut être amené à cambrioler « par la force des choses » ?

Il m'a regardée longuement, puis :

— Mais oui, chère pédagogue, mais oui...

Il a continué :

— ... Pour juger, il faut tout savoir, tout comprendre, tout, absolument TOUT. Les garçons, lorsque vous les quittez, à quatre heures, sont livrés à eux-mêmes, vous le savez. Les parents sont... Dieu sait où ! L'équipe dont je te parle, lorsqu'il pleuvait, jouait dans un immeuble désaffecté, promis à la démolition, dans un îlot insalubre. Ils s'étaient glissés par une brèche dans un local qui avait été un magasin. Là, on était à l'abri des intempéries et c'était l'aventure, le mystère.

» Un jour, ils ont ouvert la trappe qui conduisait à la cave. Ils sont descendus dans les soussols. Ils ont trouvé des détritus, des bouteilles vides et, sous quelques objets au rebut, des bouteilles pleines oubliées. Aventure merveilleuse. On a poussé plus loin les recherches. Petit à petit, on a pénétré dans toutes les caves, puis dans tous les appartements.

» On apprend à aimer cette émotion qui vous étreint lorsqu'on force une porte et qu'on pénètre dans des pièces vides, où l'on trouve, dans les placards, des choses fabuleuses : vieux livres, vieux papiers, vieilles lettres qu'on déchiffre, oripeaux dont on s'affuble.

» Une de ces pièces devient le magasin, l'arsenal et la salle de jeux. C'est l'apprentissage du cambrioleur. Pénétrer par effraction dans un appartement devient une chose normale et agréable : la petite émotion, l'attrait de l'inconnu. Chaque jeudi, on visite des maisons. L'école par exemple, cette école où l'on déteste se rendre « normalement » mais qui devient bien sympathique quand on la viole...

Albert s'est arrêté, très gêné, puis a ajouté sur un autre ton :

— Malheureusement, dans la bande il y a un caïd !

— Un caïd ?

— Oui, un fortiche. Comme toujours. Il commande. C'est le jeu. Pour corser l'affaire, pour intéresser la partie, comme on dit, il perçoit chaque samedi un tribut de chacun des membres de la bande, à charge pour ceux-ci de se procurer l'argent ou les produits, car on accepte les dons en nature. Le caïd, tu ne le connais pas, mais certains de tes élèves sont dans le coup.

Il s'arrêta un instant, puis, d'une voix presque joyeuse, il prononça :

— *J'ai pu me faire remettre l'argent volé*. Je le rapporte !

— Mais... plainte a été portée...

— Je viens justement te demander d'intervenir

auprès du directeur pour qu'il retire cette plainte. Ils m'ont remis l'argent. Le voilà.

— Pourquoi ne vas-tu pas toi-même le porter au directeur ?

— Je voudrais rester en dehors de cette affaire.

— Il n'y a pas que l'argent. Il y a eu déprédation, vandalisme...

— Oui, mais c'est peu de chose. C'est de l'enfantillage. D'ailleurs tout cela n'est qu'enfantillage. Voyons, ce sont des gosses, de pauvres gosses, sans parents, tu m'entends ? sans parents, sans maman...

Il s'est arrêté, car nous traversions une rue, à nos risques et périls. Arrivé sur l'autre rive, il a insisté, possédé par son affaire :

— Tu entends ? Sans maman ! C'est là le point capital : la mère n'est pas là ! Mais ceci est une autre histoire. Ce qui nous occupe ici, c'est de sauver ces garçons, d'éviter qu'ils soient arrêtés, questionnés, jugés. Quels que soient l'habileté, le tact de la police, elle agit toujours de telle sorte qu'après ils se croient devenus gibier de potence et se lancent franchement dans la délinquance et la révolte !

» La police ni la justice n'ont jamais corrigé, ni ramené personne dans le « droit chemin ». Au contraire, elle fixe dans la caste des réprouvés, des hors-la-loi. La vie n'y est d'ailleurs pas tellement inconfortable. Elle est même souvent exaltante. Bref, tous ceux qui ont été épinglés une fois m'échappent. Je ne peux plus rien faire, ni toi non plus, ni personne, aussitôt qu'il y a eu contact avec les poulets. Aide-moi à leur éviter ce contact. Va rendre cet argent. Dis que l'on t'a remis cet argent pour le restituer, c'est tout. Que diable, ils doivent comprendre que vous avez aussi votre secret de la confession !

Tout cela m'a laissée pantelante. Cette alternance de familiarité et de réserve, et surtout ce « *Vous aussi* » au sujet du secret de la confession.

Abderrahmane, à peine entré dans la classe, quitte sa place et vient à moi. Il m'offre deux barres de chewing-gum rose qui ont dû traîner deux semaines dans sa poche. Il a un sourire radieux, confiant, aimant. Son regard s'éclaire encore lorsqu'il me voit accepter le cadeau.

Je ne sais trop ce que disent à ce sujet les notes de service du directeur ou les circulaires de l'inspecteur, encore bien moins les manuels de pédagogie. Je n'ai jamais été capable, dans les circonstances de la vie, de me reporter à un ouvrage ou à un règlement. C'est d'instinct que j'ai pris le chewing-gum en disant : « Merci, Abderrahmane ! » et en développant une tablette que j'ai mise à la bouche, ostensiblement.

Abderrahmane me guettait, d'ailleurs. Il attendait ce geste. J'ai fait en sorte même de n'être choquée ni par la saleté de l'enveloppe, ni par l'allure miteuse de cette espèce de morceau de jarretelle rose parfumé à la menthe synthétique. Au regard de reconnaissance qu'il m'a lancé, j'ai eu l'impression d'avoir fait « quelque chose pour le rapprochement des communautés », comme on dit.

C'est d'ailleurs le temps des cadeaux. On baigne dans l'atmosphère « cadeaux ». C'est à qui m'apportera qui un sac de bonbons, qui un paquet de cigarettes, en plus de la fameuse collecte. Ils sont saturés, c'est visible, de cette ahurissante publicité dont on inonde les « chers auditeurs » et les « chers lecteurs » au temps de Noël.

Noël ! merveilleux argument commercial ! Jésus, dont plus personne ne parle (on l'a remplacé par un vieux bébé à barbe) rend un fameux service aux commerçants. Mes cinquante-deux élèves sont gavés de slogans et cherchent les moindres occasions d'obéir coûte que coûte aux impératifs publicitaires qui ne sont que des variations plus ou moins subtiles sur le thème « Achetez ». Achetez n'importe quoi, mais achetez. J'ai même lu sur un journal la formule suivante, quotidiennement répétée : « Achetez ! Devoir national. »

Je dois paraître bien naïve, mais je suis si peu habituée à tout cela que je suis bouleversée par la facilité avec laquelle tout ce monde dépense et aussi par tout cet argent mis (ou laissé) entre les mains des enfants. Il est vrai qu'ils se le procurent eux-mêmes par le vol, l'escroquerie, on l'a vu. Il faut bien trouver de l'argent pour « acheter ».

Conversation reprise avec M'sieu Albert.

A la longue, il m'exaspère avec son indulgence pour ce « peuple » dont il parle sans cesse. Non, Albert, ce n'est pas ça, le peuple. Ça, c'est la chienlit, la racaille, la lie.

— Pourtant, répond-il, tu le dis toi-même, sur cinquante élèves, il y en a quarante comme ça ! Cela ne correspond peut-être pas à tes rêves, mais c'est le *peuple réel*.

— Non, il y a encore, Dieu merci, à la campagne...

— A la campagne, toujours à la campagne ! Avec tes campagnes, tu me fais rire ! Ça représente quoi, votre campagne ? votre saine campagne ? Dix pour cent de la population totale. Tout au plus ! Car elle est vide, votre campagne. C'est un fantôme. Vous vivez de fantômes ! Le peuple est ici et ses enfants traînent dans la boue des rues, tous délinquants en puissance, et vous continuez à voir là une lie. En réalité, c'est tout le tonneau ! Vous vous bercez de consolations faciles, vous vous tranquillisez en faisant de la littérature : saine campagne, réservoir de sagesse ! Eh bien, votre réservoir est presque vide maintenant. On en voit couler les dernières gouttes ! Il en vient plusieurs centaines par mois à Paris, de vos sages campagnards. Tu le sais ! A Paris seulement. Je ne parle pas des autres grands centres d'attraction... Je vois tes yeux se dilater et tu vas dire : « C'est effrayant ! » Eh

bien, oui, vous êtes effrayants, vous, *les maîtres* !
Pas à la hauteur ! Comme les curés, exactement
comme les curés ! Eux aussi disent : « C'est
effrayant ! » mais ils restent au fond de leurs
imprenables presbytères, comme vous au fond
de vos écoles, vêtus de leur impossible soutane
dans leur impossible célibat, dans leur oisiveté
qui les rassemble en les isolant des « masses
laborieuses » ! Ils pleurent parce que le monde
les rejette, mais ce sont eux qui se rejettent hors
du monde !... Mais ça, c'est encore une autre histoire.

Sa voix est devenue dure :

— Acceptes-tu, oui on non, d'étouffer cette
affaire ridicule en reportant l'argent et en faisant
retirer la plainte ? De ta part, ce sera normal : tu
es la « maîtresse », donc l'amie, l'éducatrice, au
sens vrai du mot. Tu es l'intermédiaire naturel
entre ces pauvres gosses abandonnés et la
« société ». Tu vas trouver les flics, tu leur dis :
« Mes petits ont fait une bêtise. Je le leur ai
démontré. Ils en ont convenu et m'ont remis
l'argent. Le voilà. On efface tout ? »

J'étais tellement émue que j'ai dit, la gorge serrée :

— D'accord !

Il a poussé une sorte de rugissement. Un râle
de joie : « Ah ! » Puis, me prenant la main :

— T'es une chic fille, Catherine, oui, une chic
fille !

Il a gardé ma main, puis :

— Tu es trop gentille, il faut que je t'embrasse !

Et il m'a embrassée sur les deux joues, comme du bon pain.

Il me tutoie. Il m'a embrassée. S'il était prêtre-ouvrier, il me semble qu'il n'irait pas si loin. Il est vrai que toutes ces démonstrations sont très puériles... Pourtant il a parlé avec un violent dédain des « curés » et de « leur impossible célibat ». Que penser ?

Trois nouveaux sont encore venus se faire inscrire dans ces deux derniers jours. Il en arrive sans cesse. L'un vient de Bretagne, l'autre de l'Ariège, enfin le dernier, Benyaya, israélite, vient d'Afrique du Nord.

J'ai assisté à la présentation de Benyaya par ses parents.

Cet entretien m'a paru si caractéristique que je crois bon de le noter :

LE DIRECTEUR. — Je regrette beaucoup, mais je ne puis accepter votre fils, il n'y a plus de place...

LA MÈRE. — Mais alors, où le mettre, monsieur le directeur ?

LE DIRECTEUR. — Euh... C'est très ennuyeux... Toutes les écoles d'Etat sont pleines, archi-pleines... Euh... et nous manquons d'instituteurs...

LA MÈRE. — Mais l'enseignement est obligatoire, en France, n'est-ce pas ?

LE DIRECTEUR. — Hé oui... bien sûr... mais nos établissements sont pleins... les élèves sont assis sur les escaliers... et on ne peut pas me donner d'instituteurs...

LE PÈRE ET LA MÈRE, *ensemble*. Alors ?

LE DIRECTEUR. — Euh... Je vous indiquerais bien une autre école... Mais je vous préviens... euh... que c'est une école libre... euh... une école catholique, plus exactement. C'est l'école paroissiale du quartier... je m'en excuse, mais elle est excellente... oui, vraiment excellente...

LA MÈRE. — C'est payant, probablement ?

LE DIRECTEUR, *souriant*. — Oui, bien sûr...

LA MÈRE. — C'est que nous n'avons pas les moyens... mon mari n'est qu'auxiliaire aux PTT...

LE DIRECTEUR (*franc-maçon faisant l'article pour l'école des curés*). — Eh bien, voyez-vous... ce n'est pas tellement cher... J'en ai été étonné moi-même... Plusieurs parents que j'avais... euh... orientés de ce côté... euh... se sont déclarés satisfaits... très satisfaits... à tous points de vue...

M. BENYAYA PÈRE. — ... C'est que... nous sommes israélites !

LE DIRECTEUR, *jovial et arrangeant*. — Qu'à cela ne tienne ! Je dois vous dire que cette école a reçu plusieurs protestants et qu'à l'heure actuelle il y a cinq élèves israélites... *(très à l'aise)* sans parler des incroyants, bien entendu...

LE PÈRE. — ... Euh... pourtant on m'avait dit... qu'en France... la liberté de l'enseignement...

Le directeur. Hélas ! mon cher monsieur, hélas...

La mère. — On nous avait dit aussi qu'en France l'enseignement était gratuit... pour tout le monde...

Le directeur. — Hélas, ma chère dame, hélas !

Le père et la mère sortent. Sur le seuil, on les entend parler en yiddish, à mi-voix, d'un air consterné.

Je suis allée trouver le directeur et, comme je l'avais promis à M'sieu Albert, je lui ai remis l'argent volé. Il a eu l'air très ennuyé lorsque je lui ai demandé, en conséquence, de retirer la plainte :

— Quelle histoire ! Toutes ces paperasses, toutes ces démarches ! Il va falloir aller à la police... On aura l'air de quoi ?... Et l'inspecteur ? mon inspecteur à moi ? Ça va faire un drame !...

Il m'a demandé d'aller à la police moi-même :

— Vous leur expliquerez !

Lorsque j'ai raconté cela à Albert, il a fait une très belle colère de scout :

— Tous ces gens-là sont des lâches ! Ils démissionnent sans cesse et se plaignent ensuite que l'autorité se perd ! Surtout les mâles ! Le mâle est en perdition, le mâle abandonne la course. Dans la fonction, dans la famille, partout. Plus de couilles au cul, plus rien. On cède. On engueule le chien devant le loup, on se désavoue et on s'étonne qu'il n'y ait plus de respect ! On veut bien toucher la paye de directeur mais on ne veut pas prendre les responsabilités d'un simple pion, ni même d'un homme de service ! « La démission des mâles », voilà où nous en sommes... la fin des mâles !

Il a enfilé sa canadienne à la diable et, relevant le menton d'un air décidé, m'a dit :

— Venez ! On va leur parler.

Chemin faisant, il devint méditatif :

— J'ai l'air de quoi, moi, dans cette affaire ? dit-il.

Le commissaire de police a tout simplement pris note d'un air satisfait, en disant :

— Bon ! D'accord ! On abandonne l'enquête, d'accord ! Mais dites à votre directeur qu'il vienne lui-même retirer sa plainte, d'accord ?... Et signer les papiers... d'accord ?

Albert, qui voulait « leur parler », a paru désappointé. Il a maugréé :

— Vous l'avez vu ? Encore un qui flanche : d'accord ! D'accord ! Il est d'accord. Pourvu qu'on retire la plainte, il est d'accord. Il « abandonne l'enquête », il l'a dit. Ils ne savent faire que ça : « abandonner ». Et il abandonne quoi ? Une enquête qui n'était même pas commencée. Peinard. Tranquille. Pas d'histoire. D'accord. Ce soir, il va rentrer chez lui ; sa femme va lui dire : « Chéri, j'ai envie de changer de voiture. — D'accord ! — Chéri, je vais vendre la quatre-chevaux pour acheter une Jaguar. — D'accord ! »

» Elle lui annoncerait qu'elle achète une machine à astiquer les boutons qui coûte trois cent mille francs, ou qu'elle va se faire faire une insémination artificielle, ou qu'elle va mettre ses enfants à l'Assistance publique pour aller faire un voyage d'étude en Terre de Feu... D'accord ! Il serait d'accord ! Pourquoi pas ? Elle a droit au bonheur, n'est-ce pas ? On n'est pas au Moyen Age, n'est-ce pas ? Alors d'accord !

Puis il a soufflé comme un phoque.

— Tu as l'air bien méprisant pour les femmes ! ai-je dit.

Il a réfléchi en souriant bellement, puis :

— Non, pas de mépris, vraiment non, ce n'est pas du mépris. Mon mépris serait plutôt pour les hommes, ceux qui abdiquent devant la femme. C'est la plaie du siècle !

— Quel rapport avec l'histoire du cambriolage ?

— Quel rapport ? Mais tout. Tout, dans cette histoire d'éducation et de moralité, est en rapport avec la démission du mâle. Le mâle se démet de ses fonctions de chef, ça saute aux yeux. En tant qu'époux, il accepte de ne plus nourrir et protéger sa femme. Il accepte, et même, par paresse, il suggère, il exige que sa femme quitte le domicile pour « aller travailler », comme on dit, et dépense son temps comme il lui convient. En tant que père, il accepte que la femme abandonne ses enfants à la crèche, à la maternelle, à la cantine, à la rue ; il accepte qu'elle jette l'argent par les fenêtres, il a même accepté qu'elle se mêle aux affaires publiques, qu'elle participe à cette déshonorante fouterie du suffrage universel...

Se tournant vers moi, et me prenant par les épaules (ce qui me fit agréablement frémir) :

— Tu sais, on dit que la femme est fine, sensible, qu'elle est mère avant tout, qu'elle a le sens maternel, et patati et patata... C'EST FAUX ! Certaines délaissent leurs enfants pour une bague, pour une mise en plis ! Elles les flanquent n'importe où, même entre les mains de mercenaires non qualifiés, pour pouvoir gagner de quoi payer leurs écarts de vêture, leurs soins capillaires, leurs « loisirs », leurs « heures de détente » ou même tout simplement pour aller renifler, dans un bureau, l'odeur des mâles. Tout ça au nom du droit au bonheur, bien sûr, et grâce au consentement du mari qui se donne la souriante excuse du barbouillé (cocu, battu et content).

» Eh bien, les enfants actuels, les « monstres », les délinquants, les « blousons noirs », les « blousons dorés », c'est-à-dire quarante de vos élèves sur cinquante, sont des victimes directes de cette lâcheté de l'homme-mou devant la femme, la femme-fleur, la femme-poupée, la femme-indéfrisable, la femme-talon, la femme-soulier, la femme-magasin, la femme-magazine, la femme-droit-au-bonheur, la femme-secrétaire, la femme-électrice, la femme-tapin, la femme-chichis, la femme-voiture.

» Ceux de tes élèves qui sont « bien » sont ceux

dont la mère est à son poste, et ceux dont la mère est à son poste sont ceux qui ont un père qui est un chef...

Lancé sur ce sujet, il ne pouvait plus s'arrêter.

— Quand même, ai-je pu lui dire, tu as une drôle d'idée de la femme !

— Je t'assure que non. L'idée que j'ai de la femme est saine et objective. Je l'ai bien observée, crois-moi. Je la prends pour ce qu'elle est vraiment, aussi ne suis-je pas déçu par elle. C'est l'homme qui me déçoit. *La femme est toujours admirable quand l'homme assume pleinement ses responsabilités.*

Albert a ajouté :

— Elle est admirable aussi, le plus souvent, quand elle vit seule... vraiment seule. La veuve avec enfants, par exemple, est du tonnerre, en général. La fille célibataire, la vraie célibataire, celle qui couche seule, est souvent très bien. C'est très curieux : il semble que la femme se gâte quand elle s'accouple, qu'elle se perd jusqu'à en oublier ses devoirs maternels, si le mâle qu'elle a choisi est un incapable.

J'ai été convoquée à l'inspection d'académie pour cette histoire de restitution.

L'inspecteur, en effet, n'a pas bien compris. Il a fallu que je lui répète, d'une façon très précise, que l'argent m'avait été restitué.

— Par les élèves ?

— Non, par une tierce personne à qui ils l'avaient remis.

— Cette tierce personne est-elle membre de l'Education nationale ?

— Non. Je ne le pense pas.

— Comment, vous ne le pensez pas ? Vous voulez dire que vous ne connaissez pas cette personne ?

— A vrai dire non. Il s'occupe des enfants du quartier.

— A quel titre ?

— Pour son plaisir, je suppose.

— Que voulez-vous dire par là ?

— C'est un jeune intellectuel qui cherche à grouper les enfants errants.

— Qu'entendez-vous par « enfants errants » ? Ceux qui ne fréquentent pas l'école ?

— Ceux-là, oui bien sûr, mais aussi ceux qui fréquentent.

— Comment ?

J'ai alors récité la leçon de M'sieu Albert et de Totosse, car c'est un refrain qu'il faut enfoncer dans le crâne des gens à coups de répétition :

— Entre sept heures du matin et huit heures trente, entre midi et une heure et demie, entre dix-sept heures et vingt heures trente ou vingt et une heures, ou plus tard encore, soit six ou sept heures par jour, et toute la journée du samedi et du dimanche, quarante-deux enfants de ma classe sont des enfants errants !

— Mais la famille ?

— Ils sont pratiquement orphelins : quarante-deux mères sur cinquante abandonnent le foyer douze heures par jour. Certaines mêmes l'abandonnent de nuit, et ce ne sont pas des prostituées, monsieur l'Inspecteur, ce sont des femmes « que le travail a libérées ».

L'inspecteur m'a regardée comme si le pape Jean XXIII m'avait demandée en mariage. Il a toussoté.

— Euh... Hum !... Hum !... C'est regrettable, mademoiselle, mais nous n'y pouvons rien ! L'EN ne peut pas prendre en charge les enfants pendant ces heures-là... Il nous manque déjà plusieurs milliers d'instituteurs pour assurer... hum... la scolarité normale...

— Est-ce « normal » d'avoir cinquante élèves par classe ?

— Certainement pas... A plus forte raison ne pouvons-nous pas réunir les enfants en dehors des heures de classe pour en assurer l'éducation ou même simplement le « gardiennage »...

— C'est à cette tâche que s'efforce M'sieu Albert...

— M'sieu Albert ?

— C'est le jeune... intellectuel qui a réussi à faire restituer l'argent.

— Ah... C'est... ? La police va sûrement demander de faire sa connaissance. Avez-vous son adresse ?

— Non.

— Que c'est dommage... Ah ! que c'est dommage... La police va trouver ça bizarre...

— Je ne crois pas. La police doit avoir l'habitude de la restitution... par un confesseur.

— Parce que ce... monsieur est... ecclésiastique ?

— Je... je n'en sais rien.

— Comment, vous n'en savez rien ? Voyons !... Ça se voit tout de suite ça... Enfin, portait-il une soutane ?

— Non... mais...

— ... Alors il n'y a pas de secret de la confession. Un curé, c'est un homme qui porte une soutane. Je n'en sors pas.

— Plus maintenant..., ai-je hasardé.

Il est resté coi, puis, sans transition, m'a parlé de ma carrière.

— Excellents rapports, excellents rapports... Bonnes notes ! a-t-il dit.

Puis il a conclu :

— Nous irons vous faire passer votre CAP dans quelques semaines.

La schlague seule, je pense, pourrait ramener un peu de silence et d'ordre dans la classe. Hélas ! la schlague est interdite et, de toute façon, je ne saurais pas la manier. J'essaie tout. Par exemple le cinéma.

Nous avons un « équipement audiovisuel » : une lanterne magique (vues fixes) et un cinéma. J'en ai usé, pensant les séduire. Car en somme l'instituteur, ici, est en position de demandeur : « Si je vous passe un film, vous tiendrez-vous tranquilles ? »

Bref, après avoir annoncé la séance, il m'est arrivé de menacer de ne pas faire de projection : indifférence totale.

Pour moi, à Trézilly, la lanterne magique était vraiment magique. Trois jours avant la projection, j'entrais en transe. On nous aurait tous fait passer par un trou de souris avec cette lanterne magique, même le Popaul Tortillé qui avait la réputation d'en être un rude. Il faut dire que cette lanterne magique assurait les seuls spectacles auxquels il nous fût donné d'assister.

Ici, peine perdue. On comprendra aisément lorsqu'on saura que, sur cinquante-deux élèves, une bonne quarantaine va aux cinoches du quartier au moins une fois par semaine, souvent deux ou trois fois, quelques-uns tous les jours. Ils connaissent toutes les vedettes et les baisers fourrés n'ont plus de secrets pour eux. Il est certain que les « films éducatifs » ne sont que petite bière auprès des boissons fortes comme *Los Olvidados*, *Les Diaboliques*, *La Vérité*, *Les Dragueurs*, *Du rififi chez les hommes*.

J'ai belle mine, avec mes « films éducatifs » rayés, muets, que je passe maladroitement dans un petit appareil 9,5 mm omnibus, mal réglé, et fort malmené !

Pendant mes piètres projections, ils sifflotent, parlent. Et là encore ils disent n'importe quoi, comme à la radio. Il leur faut du bruit. Habitude de la radio permanente.

Je me fais l'effet d'un pêcheur qui appâterait le brochet au chènevis. Je ne récolte qu'une superbe indifférence. Ces petits sont émoussés, vidés de toute possibilité d'émerveillement. C'est affreux.

J'en pleure parfois.

Albert ne manque pas d'ajouter :

— Je le répète et ne le répéterai jamais assez : ce sont des enfants abandonnés ! Tous ! La mère ? Où est-elle dans tout ceci ? La mère-victime, la mère coupable, car elle est les deux à la fois, celle qui délaisse le foyer ? Où est-elle ?

Il s'est tu un instant, puis :

— Au beau temps des suffragettes, du féminisme, quelques vieux birbes jouaient les prophètes : « Si vous accédez aux désirs de ces folles, la jeunesse est perdue ! » On riait. Les folles ont gagné, à la satisfaction générale. Seulement, maintenant on pleure sur la « jeunesse délinquante », les « blousons noirs » ! Qui aura le courage de répéter que ceci n'est que la conséquence de cela ?

Il a marché de long en large, puis s'est assis sur le lit où couche le cousin Hamadi (ça se passait dans son « local ») et, la tête dans les mains :

— J'ai longtemps prié, oui, j'ai prié pour demander à Dieu de sauver ces femmes, de les ramener à leur devoir le plus simple, le plus élémentaire... Mais prier c'est une lâcheté ! Il faut faire quelque chose. Il faut sauver la femme, et on sauvera l'enfant ! Il faut arracher la femme à...

» IL FAUT LA DÉSÉMANCIPER ! Oui, à toutes forces, d'urgence, il faut la désémanciper !

En se tournant vers moi et en me regardant bien en face, il a répété :

— Il faut la désémanciper ! Aide-moi, amie, aide-moi.

J'ai répondu :

— D'accord. Je suis à toi !

C'était parfaitement ridicule.

Il ne s'est rien passé... d'autre. C'était pourtant le moment.

Je ne sais plus que faire pour « les » apprivoiser.

J'ai décidé de leur montrer les photos de ma famille. Histoire de tenter de me rapprocher d'eux, de me raccrocher à eux, ne pouvant les attirer à moi.

J'ai donc emporté les photos de mes arrière-grands-parents, de mes parents, de mon frère, de ma belle-sœur et de leurs enfants.

Délicieuse surprise : ils ont été ravis. Je leur avais recommandé de prendre grand soin en les manipulant. J'ai été bouleversée de voir avec quelle piété ils les ont fait circuler. Et puis ce n'étaient qu'exclamations, admiratives, quoique irrespectueuses :

— Qu'est-ce qu'il était chouette, vot' grand-père ! (Au voisin :) Hé dis hé, toto, t'as vu le vioc ? Pige la tronche ! Chouette hein ?

— Oh m'dame, c'qu'al d'vait être belle vot' grand-mère quand qu'al était jeune !

Les enfants, mon neveu et ma nièce, ont eu un grand succès, parmi des connaisseurs :

— Une bath de môme ! Oh didon, qu'est-ce qu'al est forte, la p'tite !

Réflexions d'hommes mûrs sur l'âge, le poids :

— T'as vu ces gambettes ? Oh didon ! On voit qui sont à la campagne ! Keskadouabouffer !

Aucune moquerie, aucune réflexion désobligeante ou déplacée.

La ferme, le site, tout a été vu, jugé, admiré avec une vive sensibilité, un grand bon sens, et surtout une sorte de nostalgie inexprimée et déchirante :

— C'que ça doit être chouette !

— Y a de la place !

— Oh didon, la rivière !

— Al est à vous, la rivière, m'dam ?

— Et la forêt, m'dame, al est à vous ?

Nostalgie de l'espace. Nostalgie de la propriété.

— Vous pouvez aller vous promener dans la forêt, hein, m'dame ?

Nostalgie de la liberté.

— Oh didon, t'as biglé le cheval ?

Vermenouze interrompt avec vivacité :

— C'est pas un cheval, c'est une jument !

Eclat de rire.

— Ben quoi ? C'est vrai, c'est pas un cheval, c'est une jument !

— Tu as raison Vermenouze, c'est une jument !

On rit encore, mais c'est le rire tragique de l'ignorance. Nostalgie de la vie simple et essentielle.

On reprend la contemplation des visages de chez moi.

— C'est marrant, votre papa, m'dame, il a les bacchantes de Vercingétorix !

— Les bacchantes, oui, mais aussi le visage. (Ah ?) Nous ne sommes pas des Latins, nous sommes les descendants des Gaulois, ne l'oublie pas. (Silence. On réfléchit.) Nous sommes celtes à l'origine, mêlés de Ligures par-ci, d'Ibères par-là (je montre sur la carte). Un peu de Germains ici, puis plus tard d'Italiens, d'Espagnols, de Polonais, etc.

On revient à la famille et à des considérations plus terre à terre, mais toujours très profondes :

— Votre petite nièce, m'dame, al a quel âge ?

— Deux ans.

— Oh merde ! c'est une belle enfant ! Oh didon ! Al est plus forte que ma frangine qu'en a trois !

— C'est le bon air !

Puis encore :

— Vot'mère ouksékatravaille ?

— Là ! Elle s'occupe des volailles, du laitage. (Vocabulaire au tableau.)

— Al est toujours à la maison alors ?

— Bien sûr ! Chez nous le rôle de la femme, c'est d'être à la maison, de s'occuper du linge, des enfants, de la basse-cour, et de tout préparer pour le retour des hommes qui sont aux champs...

Emerveillement sans réserve. Puis nostalgie. Oui, nostalgie d'un paradis perdu. Albert est un peu excessif lorsqu'il dit que ce sont des anges, mais des anges tombés en enfer, mais j'ai senti ça tout au long de ce commentaire des photos.

Pendant deux heures, nous avons parlé ainsi de ma famille.

Immédiatement après :

DEVOIR : Que voudriez-vous faire plus tard, quand vous serez devenus des hommes ? Pourquoi ?

Réponse : (80 %) Je voudrais vivre dans une ferme avec des chevaux, des juments et des poules, au milieu des bois, avec une rivière à moi.

— Passque je pourrais aller à la pêche et à la chasse.

— Passque ma mère travaillerait pas. Elle m'attendrait à la maison en faisant « à manger » (« la bouffe », « la bectance »).

Le lendemain, un homme me demande. Il est maigre, traits tirés, très proprement vêtu d'un blouson gris sombre, d'une culotte gris sombre, d'une petite canadienne gris sombre. C'est le père de Legris. Tout est gris dans cette famille.

— Avant d'envoyer une réclamation à l'académie, dit-il, je voudrais vous poser quelques questions. Est-il vrai que vous avez dit à vos élèves que le rôle de la femme était de rester à la maison ?

— Pas exactement, bien que je le pense. J'ai

dit que dans nos régions, en province, il en était ainsi quand j'étais jeune.

— Mais vous l'avez dit avec l'intention de créer, dans l'esprit de vos élèves, une comparaison fâcheuse.

— Fâcheuse ?

— Vous savez bien ce que je veux dire.

— Pas du tout ! Expliquez-vous.

— Trêve de plaisanteries ! J'ai déjà remarqué votre façon de dresser nos enfants contre nous : vous êtes réactionnaire. Vous êtes vexée que les femmes luttent pour gagner leur émancipation totale qui se traduit notamment par le droit au travail. Or vous devez aider le peuple à s'affranchir. Vous le savez. Je lutterai jusqu'à ma mort pour écraser l'esprit réactionnaire qui freine, par intérêt ou par stupidité, l'émancipation et l'épanouissement total de l'être humain... Notez que vous avez le droit d'être réactionnaire, mais alors quittez l'enseignement du peuple !

— Je suis décidée à me dévouer au peuple, moi aussi, jusqu'à ma mort !

— Alors cessez d'enseigner des notions aberrantes de régression sociale !

Il m'excède à tel point que je joue le canular : cet homme-là est ébloui par les mots, donc il lui faut des mots.

— Monsieur, lui dis-je, je tente d'enseigner l'orthographe, la grammaire et le calcul à des enfants qui n'ont à la maison ni le temps, ni la place, ni l'atmosphère, ni l'aide matérielle, ni l'aide morale qui leur sont nécessaires pour cela.

Ce sont, à proprement parler, des enfants abandonnés, seuls au monde, vous m'entendez ? De
pauvres petits orphelins délaissés, abrutis de
bruit, de télé, de solitude, dans une promiscuité
débilitante, morbide, excitante, et je lutterai
jusqu'à la mort, vous m'entendez, jusqu'à la
mort, pour écraser l'esprit réactionnaire qui, par
bêtise ou par calcul, empêche ces petits êtres
d'atteindre à l'émancipation et à l'épanouissement auxquels ils ont droit !

L'homme m'a regardée de ses grands yeux
fanatisés. Il balbutie, en me tendant la main :

— Merci... merci... pour ce que vous venez de
dire là ! Merci, madame... Merci... camarade !

J'ai passé mon CAP aujourd'hui.

Il s'agit, bien entendu, du certificat d'aptitude
pédagogique.

J'en avais été prévenue la veille. J'avais alors
dit à mes élèves : « Demain, trois inspecteurs
vont venir dans la classe. Ils vont m'écouter, me
regarder faire le cours. S'ils sont satisfaits, je
serai reçue à mon examen. C'est très important
pour moi, car si je n'étais pas reçue, je ne pourrais plus être institutrice et je serais obligée de
chercher un autre métier. »

Donc, ce matin, à huit heures trente, deux exa-
minatrices et un examinateur sont entrés dans la
classe pour assister à une demi-journée de cours.

J'étais très émue. Un peu à cause de la pré-
sence de ce sanhédrin, assez impressionnant ;

mais surtout pour des faits qui resteront gravés
à jamais dans ma mémoire. D'abord ceux-ci :
mes élèves qui, jamais, n'avaient pu se mettre en
rang ni faire silence ont fait une entrée d'enfants
de chœur. Ils marchèrent, raides, impassibles,
dignes, alignés. Deux par deux, ils passèrent
devant moi en saluant (jamais je n'avais pu
l'obtenir), se rendirent, en silence, à leurs places.

Pas un mot ne fut prononcé. Pas une bille ne
tomba. Ils croisèrent leurs bras, debout derrière
leur siège. Ceux qui étaient installés sur les
marches de l'estrade, faute de place, se tinrent
droits comme des thuriféraires, de part et d'autre
de l'estrade, trois à gauche, trois à droite. Pas un
sourire, pas un clin d'œil.

Dans le plus profond silence, je montai les
marches et je m'assis. Alors seulement ils
s'assirent à leur tour. On aurait dit un office pon-
tifical.

C'était comme un rêve, comme un miracle...
J'étais tellement bouleversée que j'eus de la peine
à commencer mon cours, tant ma gorge était
serrée : mes petits, mes odieux voyous, étaient
beaux.

A l'appel, deux absents.

L'inspecteur prend la parole :

— Ces deux élèves sont-ils malades ?

Bien entendu, je l'ignore.

— Ont-ils prévenu ? Que font-ils ?

Lamora, sans se lever, très à son aise, répond :

— Iz-ont dit qu'i v'naient pas passque les inspecteurs étaient là !

Un petit froid.

Au cours de la matinée, il n'y eut que trois ou quatre relâchements inévitables pour lesquels je fus impitoyable. Les délinquants, d'ailleurs, furent de ceux qui d'habitude sont les plus anodins, les plus bénins, les minables, les besogneux, qui ont toujours besoin de se gratter quand il ne faut pas. Le prurit de la médiocrité. Les autres, les durs, les proxénètes, les tueurs, les monte-en-l'air, les gros-bras, les blousons noirs furent impeccables, de bout en bout, sans un frisson. Les uns avec un air de suprême mépris, les autres avec provocation, certains avec flagornerie, mais impeccables. Lamora, malgré son sourire ganache, était magnifique. Il se précipitait avec une certaine galanterie pour ramasser le torchon, essuyer le tableau et foudroya même de son regard ceux qui avaient quelque velléité de le prendre un peu trop à la rigolade. J'en aurais pleuré.

J'ai fait de très bons cours. J'étais en forme : racines grecques, racines latines, etc.

Je ne posais pas de questions, et pour cause, mais l'inspecteur dit : « Interrogez donc quelques élèves ! » J'étais atterrée. J'ai demandé quelques exemples et mes phénomènes ont répondu sans sourciller : les mots monochrome, polychrome, polygones, n'avaient pas de secrets pour eux. Je n'en revenais pas. Où étaient mes ilotes ? Qu'en penser ?

A onze heures et demie, j'avais une bonne migraine mais le supplice était terminé. Les trois examinateurs sont sortis sans un mot.

A peine avaient-ils fermé la porte que Lamora se levait et venait familièrement à mon bureau, s'accoudait à ma table comme à un bar, sortait négligemment une cigarette et l'allumait, alors que reprenait le brouhaha habituel.

— Alors, m'dame, ça y est ? me demanda-t-il, jovial.

Une voix :

— O didon, y commençait à nous faire drôlement chier, le vieux chnoque, hein m'dame ?

Une autre voix :

— Et les inspecteuses ? (Eclat de rire général.)

— T'as pigé c'te binette, la vieille ?

Les uns ricanent, les autres chantent. Je réagis :

— Lamora, à ta place !

— De quoi ?

— A ta place immédiatement ! Et éteins cette cigarette !

— De quoi ? Non mais ? Dites donc ! Faudrait voir ! On s'est tenus, hein ? On s'est tenus pendant qu'izétaient là, oui ou merde ? Faut pas bousculer !

Lamora est retourné à sa place, en me laissant bien entendre qu'il n'y retournait que parce qu'il le voulait bien. Les conversations, ensuite, ont repris.

Le lendemain, j'ai demandé les quatre punitions données pendant l'inspection. Il y a eu une sorte de stupeur. Ils se sont entre-regardés, puis ils ont eu un bon sourire qui disait :

— Non ? Eh pépée, bouscule pas ! S'agit de s'entendre : les « punis », c'était du flan, hein ? C'était une comédie. On l'a bien jouée, non, la comédie ? On t'a facilité les choses, pas ? On l'a bouclée. On les a eus jusqu'à l'os, non ? On n'a même pas fumé une cigarette et on s'est payé le luxe de répondre à tes questions, pas vrai ? Alors passe la main ! Ecrase, pépée, écrase ! Faut pas confondre ! Kestutimagine ? Donnant donnant. Tu vas l'avoir, grâce à nous, ton CAP, hein, et tu le garderas ton petit turbin ! Alors, pour les punis, tu repasseras, p'tite tête !

Le directeur m'a appelée. Il était tout sourire.

— J'ai lu le rapport de la commission, a-t-il dit. C'est très bien. Mes compliments, mademoiselle Lorriot !

Il a ajouté :

— J'ai pris note de l'essentiel...

Il a sorti de sa poche un papier griffonné et me l'a lu : « ... Une grande autorité... beaucoup de dignité... Conception adulte de l'enfance, conséquence de sa culture et de ses origines universitaires. Défaut qui, grâce à sa sensibilité et à sa grande intelligence, s'atténuera rapidement... »

D'après ce rapport, mes élèves sont sages, respectueux, cultivés. J'ai, paraît-il, la chance d'avoir une classe d'un niveau intellectuel élevé. Enfin : ma classe est très « scolarisée ».

Je serais un peu brutale, violente avec eux. Ils sont si doux, si calmes, si intelligents...

Je suis trop subjective. Pour appuyer la poésie choisie, j'aurais dû mettre un disque. Le texte disait que la cornemuse avait « un son fin et linéaire ». Ils devaient, par un disque de cornemuse, retrouver eux-mêmes que la cornemuse a un son fin et linéaire...

Je suis trop abstraite. Et pourtant... ils me suivent ! La commission en est très étonnée.

Reproches ou compliments ? Je ne le saurai jamais.

Il paraît que je les brutalise... moralement (chers petits !). N'ai-je pas traité un élève d'imbécile et un autre de « bouché à l'émeri » ? C'est inadmissible pour des enfants qui sifflent leur maîtresse dans la rue, l'appellent pépée, putain, etc., et sortent le surin sur une simple menace de punition. Mais tout cela, et le reste, les inspecteurs l'ignorent. Mais l'ignorent-ils ? Car enfin ils sont dans l'enseignement depuis vingt, trente, quarante ans. S'ils l'ignorent, ce sont des noix. S'ils ne l'ignorent pas, ce sont des hypocrites, des pharisiens.

Mais leur métier est de faire des rapports.

Ils font donc des rapports. Ils consolident leur position par des remparts de rapports. La réalité leur importe peu.

J'en ai parlé à Albert, bien entendu. Il m'a écoutée en souriant un peu, d'un air entendu, condescendant. Il savait tout ça. Il sait tout. Puis il a dit :

— Détail ! Ce qui est grave, c'est que je n'ai pas de maillots pour mon équipe. Nous sommes maintenant inscrits à la Fédération, mais nous n'avons ni culottes ni maillots. Et je ne tiendrai que par le rugby, mais pour ça, il faut de l'argent ! Et je ne me vois pas tendant la main : « Pour nos chers petits blousons noirs, s'il vous plaît ! »

— Laisse donc tomber tout ça ! Ils iront aux sociétés municipales..., ai-je dit.

— Ils n'iront pas. La municipalité est communiste et ils s'éloignent instinctivement du communisme, comme ils s'éloignent du curé.

— Pourtant...

— Ils se méfient, ils haïssent tout ce qui est hiérarchisé, endoctriné ! Pour eux, le Parti, l'Eglise, la Commune, la Société, l'Armée sont des enfers qu'ils fuient comme la peste...

— Pourtant, leurs parents sont tous plus ou moins « endoctrinés » ?

— A soixante pour cent, mais même s'ils l'étaient tous, quelle influence ont-ils sur leurs enfants ? Aucune, tu le sais mieux que moi : ils ne les voient jamais !

— Mais l'équipe de rugby ou de foot, c'est bien une société avec un chef, une doctrine, une méthode...

— C'est une « bande ». Je leur laisse le « caïd » comme capitaine, à qui j'ai donné un ballon ovale...

— Ou rond ?

— Non, non ! Ovale ! C'est capital. Les règles d'emploi du ballon rond ne leur permettent pas le contact violent avec l'homme. Ça ne liquide pas les complexes de violence, ni la haine naturelle du prochain...

— La haine naturelle du prochain ?...

— Oui. La haine est la base des rapports humains, tu le sais bien.

— Non, je ne le savais pas.

— Alors excuse-moi de te désillusionner.

— L'être par toi ne me choque pas, mais tu me montres le monde sous de telles couleurs... Jamais je ne me serais doutée que le monde était ainsi.

— Mais le monde n'*était* pas ainsi. Il l'est depuis la démission de la femme...

— Encore la femme !

— Oui, encore la femme, mais derrière elle l'homme qui trahit, à longueur de journée, en fumant ses cigarettes, en lisant son journal, en faisant ses mots croisés. Le cocu, quoi ; non pas que sa femme couche plus que celle de jadis, non, mais cocu à fond, « cocu d'accord », « cocu-fauteuil », « cocu-télé », « cocu-voiture », le « cocu-progrès », et surtout le super-cocu : ton Legris tout gris, le « cocu-idées », le « convaincocu », qui admire l'émancipation, l'épanouissement, l'explosion de sa « femme-droit-au-bonheur-par-le-droit-au-travail » (encore une invention des patrons pour se procurer de la main-d'œuvre à bon marché et des consommateurs forcés) et le « convaincocu » est content. Il est à la pointe du progrès ! Sa femme est au bureau, ils mangent à leurs cantines diététiques, le petit est gardé par des spécialistes techniciens de la pédiatrie équilibrée et communautaire...

Et voilà M'sieu Albert reparti dans ses rodomontades (mais sont-ce des rodomontades ?). Je suis lasse de cet éternel refrain. Je ne puis plus le supporter.

Je ne puis plus supporter cette voix. Peut-être parce qu'elle dit la vérité et que cette vérité est trop cruelle.

Je ne puis plus supporter ces élèves. Albert et Tossus disent qu'il faut les aimer, et je crois bien que je ne les aime pas. Je ne puis supporter ces barbares des grandes villes, ces barbares prétentieux.

Civiliser ça, je le proclame, est au-dessus des forces humaines. On peut les « développer », on peut leur vendre du dentifrice, des « détersifs-qui », des « désinfectants-que », on peut leur fourguer des objets coûteux et inutiles en matière plastique, on peut en faire des spécialistes, des mathématiciens, des normalisateurs, des ingénieurs, mais les civiliser, jamais. C'est sûr. La tâche de Jules Ferry était une plaisanterie à côté de celle de l'actuel ministre de l'Education nationale.

D'ailleurs pour civiliser ça, il faudrait que l'éducateur, le maître, le fût lui-même, qu'il eût, lui aussi, un foyer, une morale, de la logique, que sais-je ? Or mes collègues, eux aussi, sont des barbares. Ils ont une voiture et viennent en voiture à leur travail. Ils encombrent donc les rues pour promener une seule personne, puis ils abandonnent cette voiture tout le jour le long du trottoir, et ils vitupèrent la « circulation impossible » et les stationnements intempestifs. Simple détail. Mais il y a plus grave : ils sont partisans de la libération de la femme par le travail (pardi ! pour payer la voiture !). Leurs enfants sont donc, eux aussi, abandonnés à la crèche, à la cantine, à la garderie. « Il faut bien puisque ma femme travaille. »

Et si leur femme travaille, c'est parce que leur salaire est trop faible.

En somme, ils sont obligés d'acheter une voiture parce que leur salaire est trop faible.

Eh bien, j'en ai assez de tout ça.

J'en ai assez de ces villes surpeuplées, et pourtant vides, de ces banlieues tristes, de ces agglomérations verticales, qui ressemblent aux paysages de Buffet, où s'agitent des gens qui ressemblent aux personnages de Buffet !

J'en ai assez de ces névrosés dès le berceau, de ces détraqués ! Et de leur bla-bla !

4

LES BONS GARS

J'ai reçu une lettre de mon frère.

Il a des difficultés à payer les mensualités de son tracteur et de toutes ses machines. Etait-il bien prudent d'acheter ce très lourd et très coûteux matériel pour notre petite propriété de cinquante hectares ?

Lorsque je lui avais fait cette remarque, au moment de l'achat, devant mon père muet, il m'avait parlé de la solidarité, du système corporatif. Il m'avait expliqué qu'il s'agissait tout simplement de s'arranger avec les fermes voisines pour échanger les journées d'hommes et de machines... Las !... Les fermes voisines, elles aussi, sont abonnées au journaux agricoles, et lorsqu'on a lu cinq ou six de ces feuilles dites « techniques », on est obligé d'acheter pour cinq ou six millions de ferraille, c'est un besoin, puisque le rôle de la publicité est de créer des besoins.

Nos voisins ont donc acheté, eux aussi, un matériel complet, pour prouver qu'ils n'étaient pas des demeurés et qu'ils étaient capables, tout aussi bien que mon frère, de se libérer par la machine.

Ensuite, il leur a fallu, comme mon frère, payer les mensualités, mais ça, c'est une autre histoire. Vous me direz que les tracteurs servent quand même à barrer les routes pour obtenir la revalorisation, qui s'impose, des produits agricoles ; il est bien évident que pour payer et entretenir toute cette usine, en exploitant des propriétés d'une cinquantaine d'hectares, mon frère et ses semblables ne vendront jamais leurs patates et leurs cochons assez cher.

De toute façon, comment pourrais-je envoyer la somme dont il a besoin ? Il lui manque, chaque mois, un peu moins que mon salaire... mensuel... Comme tous les cultivateurs, il s'imagine que ce salaire est une somme que l'on me donne, au bout du mois, pour la mettre de côté et me payer quelques fantaisies.

Je n'enverrai pas un sou à mon frère. Il n'avait qu'à être plus prudent dans ses achats de matériel. Il pouvait encore labourer avec nos trois juments, mon père le lui a bien dit. Je lui ai déjà laissé ma part, mais je veux conserver mes économies, bien maigres, pour réaliser mon propre destin. Et, jusqu'à nouvel ordre, le destin que j'ai choisi est celui d'une éducatrice.

J'ai besoin d'un peu d'argent pour aider Albert, ou plutôt pour aider le club. Je suis prise dans le tourbillon de M'sieu Albert ; c'est peut-être aussi ridicule, aussi vain que d'acheter pour dix millions de matériel agricole dans une ferme de cinquante hectares, mais tant pis, le sort en est jeté.

Albert m'attendait à la sortie des classes.

Détendu, impatient, secoué, d'aussi loin qu'il put me voir, de gestes auxquels il ne m'a pas habituée.

J'ai eu un battement de cœur. Sotte que j'étais : j'ai cru qu'il venait de sortir, victorieux, de sa crise, car je veux toujours espérer qu'il lutte, à cause de moi, contre je ne sais quelle vocation exclusive. J'ai donc cru qu'il allait me sauter au cou et me demander en mariage, tout bonnement. Il avait les yeux tellement brillants et son agitation était si différente de sa gravité habituelle, un peu sacerdotale.

Lorsqu'il me vit sur l'autre trottoir, il s'engagea dans le flot des voitures, loin de tout passage clouté et se jeta sur mon trottoir. Ce qu'il n'avait jamais fait. D'habitude, il m'attend, impassible, les mains dans les poches de son dufflecoat, dont le gris sombre et la capuche lui donnent l'air d'un frère convers.

Quand il le vit, Papa Tossus, qui surveillait la sortie, me jeta entre ses dents :

— Le voilà revenu, le cureton !

J'allais répondre, mais déjà Albert était sur moi :

— Ça y est ! dit-il sans même me souhaiter le bonjour. Ça y est, je les ai !

— Quoi ?

— Les culottes et les maillots !

Les enfants étaient alors tous sortis de l'école et Tossus, quittant son poste, passa derrière moi en grommelant :

— Bonsoir.

— Bonsoir, monsieur Tossus.

Plusieurs grands, qui avaient vu venir M'sieu Albert, s'approchaient. Des petits revinrent sur leurs pas :

— ... jour, M'sieu Albert.

— Bonjour les gars ! Bonjour Pierrot ! Bonjour bonjour !

Il affectait une familiarité de patronage, il serrait des mains, donnait des tapes sur les épaules. Il en rattrapa un par la manche :

— Christian, n'oublie pas de dire aux autres qu'on commence l'entraînement à cinq heures, au lieu de six !

— D'ac ! fit le garçon.

Albert revint à moi, hilare :

— Et voilà !

Je me taisais. Il m'expliqua :

— Je viens d'acheter cinquante équipements, cinquante maillots, cinquante culottes, cinquante paires de godasses !

— Mais l'argent ?

Il se mit à rire avec exaltation en disant :

— L'argent ! Ah ! l'argent ! Ah ! ah ! l'argent ! Tu ne devineras jamais !

Il dansait presque et les gens se retournaient. Il s'approcha de moi, me prit par le coude et m'entraîna :

— Je vais t'expliquer. C'est merveilleux !

Puis, après avoir parcouru dix mètres :

— Voilà : les garçons ont été magnifiques... Catherine ! C'est merveilleux ! C'est formidable ! Je suis payé de toutes mes peines ! Ce sont des anges ! Ah ! que de trésors dans ces gars-là !

Il lançait des exclamations sans suite. Il délirait avec componction. Puis il se calma soudain, les larmes aux yeux :

— Voilà ce qui s'est passé : un événement historique ! Devine qui m'a apporté l'argent ?... Les gars ! Oui. Ce sont les gars eux-mêmes qui m'ont apporté l'argent ! Il y avait déjà longtemps que je les voyais bavarder dans les coins. Je sentais qu'ils combinaient quelque chose. Hier, ils sont venus, Lamora, Bredin, Ducasse et d'autres, plus grands. Ils m'ont dit : « On a fait une cagnotte, avec tous les copains. Tous ensemble. Voilà ! » Ils m'ont donné l'argent. Il ne manque plus que vingt mille francs !

— Magnifique ! ai-je dit sans bien réfléchir.

Albert continuait :

— Je vais pouvoir être affilié à la Fédération et je pourrai avoir un terrain et ensuite... Ah ! ensuite...

Il délira ainsi pendant dix minutes. Il se voyait déjà champion de France, pour commencer, et sans doute champion du redressement national de la jeunesse. Comme c'était attendrissant, je pleurai. Il reprit :

— Ce qui est admirable, c'est que tout cela se réalise par les gars eux-mêmes, ceux qu'il faut sauver !... Ils ont très bien senti, très bien compris... Ils refusent la morale et les hiérarchies, car, pour eux, c'est là qu'est le mensonge. Je suis sûr qu'ils n'auraient pas sorti un centime si le parti ou le curé le leur avait demandé !

Il rit. Il est heureux du bon tour qu'il joue à la société.

Il tient à m'exposer ses projets et m'invite à venir « à la turne », en attendant l'entraînement.

Arrivé là, il s'assied, il verse deux grands verres d'eau, y met quelques gouttes d'alcool de menthe et mon archange glisse aux confidences brûlantes sur ses perspectives d'avenir et sur ses espoirs que les derniers événements élargissent pratiquement à l'infini, puis il me montre les maillots.

Fiévreusement, il déballe le gros paquet de mercerie aux couleurs vives, les chaussettes à rayures, les culottes blanches, les maillots rembourrés. Il les palpe, les caresse avec amour. Il sourit, heureux.

— Les souliers arrivent demain ! dit-il.

Je risque :

— Et les vingt mille francs ?

— Ne te soucie pas. Je les aurai : je suis payé dans trois jours. Ça tombe bien.

Ce n'est tout de même pas moi qui vais faire la demande en mariage ! Albert est très gentil, très affectueux, mais il ne dit rien qui puisse passer pour une déclaration, rien non plus qui laisse à penser qu'il n'est pas prêtre-ouvrier. Il se penche sur moi pour tenir les numéros que je couds sur le dos des maillots. Sa joue frôle la mienne, parfois. Nos mains se rencontrent au moment où elles se tendent simultanément vers la même paire de ciseaux. Un amoureux ou un homme... normal profiterait tôt ou tard d'une de ces occasions. Les autres hommes ne m'ont pas habituée à tant de discrétion. C'est peut-être la preuve qu'il m'aime. Comme il est très timide et très pudibond, il n'ose. J'ai lu quelque part, dans des livres très bien, que la jeune fille pouvait, dans certains cas, faire les premiers pas... Dois-je ?

Et même !... Quand le faire ? Il y a toujours une dizaine de gamins autour de nous.

D'ailleurs, l'atmosphère de ce club est étrange. J'y vois quelques-uns de mes élèves. Une dizaine, pas plus, mais ce sont les pires, à tous points de vue, ceux pour qui la classe semble être une chose insupportable, incompatible avec leur conception de la vie. Les plus grossiers, les plus violents, les plus pervers.

Chose curieuse, ici, ils sont sympathiques. Odieusement familiers avec moi, mais dociles, galants même. Si je demande, au hasard : « Passez-moi l'aiguille », quatre ou cinq gaillards se précipitent pour me servir, avec le sourire.

Il y a là surtout des élèves de la classe de fin d'études (quatorze ou quinze ans), et d'autres, plus âgés, que je ne connais pas, d'anciens élèves, aujourd'hui dans des centres d'apprentissage, des apprentis, des mécanos et surtout des « chômeurs », comme ils disent, ceux qui vont d'un patron à un autre et se réjouissent d'être renvoyés.

M'sieu Albert ne parle plus jamais de sa « mission ». Il ne me fait plus de discours. Juge-t-il que je n'en ai plus besoin et que je suis définitivement conquise ? Ne serait-ce pas plutôt parce qu'il est pris complètement par le côté matériel de son entreprise ?

Il est surtout ébloui par « l'aide » que ses « gars » lui ont apportée spontanément. J'avoue que, moi aussi, j'en suis assez exaltée. Je le regarde : il sourit, il nage en plein bonheur.

Nous cousons des numéros blancs sur le dos de ces maillots curieusement rembourrés aux épaules. Tout le monde hurle des airs connus et ceux qui ont une main libre tapent sur des caisses, des gamelles ou des bouteilles. M'sieu Albert est le premier à passer vivement, et en mesure, un manche à balai sur la tôle ondulée de la baraque. Je hurle avec eux. On atteint souvent au paroxysme et alors, chose curieuse, il s'établit, dans ce tintamarre sauvagement rythmé et non sans grandeur, une sorte de communion, une merveilleuse unanimité. J'ai l'impression de faire partie, avec eux, d'un même corps qui se met à palpiter, puis à vibrer de joie et de rythme, puis à exulter, jusqu'à l'extase.

Tous les airs connus ayant été épuisés, seul le rythme demeure, s'amplifie, s'étale, se gonfle et, dans une véritable hypnose, l'un des jeunes se lance en improvisation sur des onomatopées bizarres, puis en contorsions du torse, que les autres soutiennent d'un irrésistible battement de mains, accompagné d'un spasme de tout leur corps, où quelquefois perce l'érotisme.

Lorsque le danseur est épuisé, ruisselant de sueur, l'œil heureux, un autre lui succède, avide de goûter au même bonheur.

Cela dure un quart d'heure, après quoi il se produit une brusque accalmie, stupide. Personne n'ose parler. D'ailleurs, il ne faut rien dire. En silence on se remet à coudre les numéros blancs sur les maillots rembourrés ou à mettre des lacets blancs aux godasses à crampons.

Parfois Albert murmure, en se penchant vers moi :

— Et dire que certains prétendent que le peuple français ne sait plus chanter, qu'il n'est pas musicien, que les jeunes ne savent plus s'amuser, qu'ils sont indifférents !...

Je pense alors aux classes de chant, à l'école, où un « professeur de chant », s'il vous plaît, ne peut en tirer que de distraits miaulements, de niais murmures, de laborieuses vocalises, fausses et ennuyées, de mous vagissements sans conviction : *l'ennui et la laideur*. Et à l'unisson,

encore ! Ici, il y a au moins trois voix, sans parler de la prodigieuse variété des rythmiques.

Ainsi mis en forme par ce péan tout à fait judi-
cieux, les joueurs entrent dans le « stade ». C'est
un terrain vague qui jouxte les taudis. Dans cette
steppe d'armoise, de bidons, de ressorts de som-
miers, de gravats, ils ont déblayé un petit hec-
tare, entre un dépôt de pneus et le mur de ciment
de la grande centrale, une sorte de désert de
charbon pulvérulent, bardé de barbelés rouillés.
Et l'entraînement commence.

Quelques-uns ont mis les maillots neufs.

Lamora les voit et bondit :

— ... Z'êtes pas cinglés, non ? Les maillots
neufs à l'entraînement ?... Et avec ça ? Un smo-
kinge pour cézigues ?...

Les autres, outrés, renvoient les gâcheurs au
vestiaire où ils remettent leurs loques habi-
tuelles. Albert me glisse :

— Et on prétend que cette jeunesse n'est ni
soigneuse, ni économe, ni ordonnée, ni discipli-
née !...

Il tient à ce que j'assiste à l'entraînement. Il
tient à m'expliquer le rugby, le roi des jeux, dit-
il. Le football serait, d'après lui, le jeu de gens
qui n'aiment pas le ballon. La preuve qu'ils ne
l'aiment pas, c'est qu'ils craignent de le prendre
dans leurs mains, de le serrer dans leurs mains
d'hommes. Ils le repoussent, ils l'éloignent d'eux,
ils ne le touchent qu'avec leurs pieds. Au
contraire, les hommes du rugby l'aiment, cette
balle, car le ballon ovale s'appelle « la balle ».

— Regardez comme ils la prennent à deux mains, comme une miche croustillante de bon pain frais, regardez comme ils se la passent de l'un à l'autre avec amour, avec respect, avec ce petit déhanchement résolu et ces deux mains ouvertes presque jointes, la paume en dedans, comme une offrande. Ayant brusquement décidé de la garder, voyez comme ils la serrent, contre leur cœur, d'un geste protecteur ! Ah ! oui, ceux-là aiment le ballon !

En prononçant ces phrases, Albert Labastugue reprend petit à petit l'accent de sa race, celui d'entre Adour et Garonne, et il est deux fois plus beau ! Il s'échauffe et continue :

— Et ce n'est pas tout ! Comment se comportent-ils vis-à-vis de l'homme, ces joueurs ? Celui qui n'a pas la balle, ils le respectent. Ils doivent le respecter. Mais celui qui possède cette balle que vous convoitez, vous avez le droit, que dis-je, le devoir, de l'abattre. Et c'est là l'image franche et virile de la vie. Pas d'hypocrisie ni de mensonge : je la veux, tu l'as, je te la prendrai, le plus fort la gardera ! On liquide tous les complexes, on assouvit toutes ses ardeurs, dans les limites des règles, on se bouchonne de bon cœur, on se collette pendant quatre-vingt-dix minutes.

Il y a aussi la mêlée, sauvage ruée, tête baissée, de deux béliers, à trois têtes et à seize pattes, qui se heurtent si farouchement que j'entends le bruit. L'haleine de ces gars baissés, poussant comme des bœufs, forme comme un brouillard qui, par ces temps froids, fait ressembler la mêlée au combat de deux monstres.

Et puis voilà « la balle » qui sort de cette broussaille d'hommes.

Un petit homme, moitié moins gros que les autres, semble jaillir de cet ahanement. J'ai peur pour lui : tous ces gros brutaux vont l'écraser ! Mais non ! Merveilleuses possibilités du corps humain : il semble, lui, le tout petit, se jouer de ces brutes. Ils sont forts, mais lui est souple et rapide. J'ai saisi le bras d'Albert et je le serre très fort (c'est peut-être le bon moment ?). Mais il se contente de me dire :

— N'aie pas peur pour lui ! C'est un malin et ils ne l'attraperont pas. Le rugby, c'est l'image de la vie : il y a place pour tous les types d'hommes. Ce petit-là, c'est le demi de mêlée. C'est une place qui convient à un moustique... derrière ces éléphants...

Mais le petit, d'une belle détente, a déjà passé la balle à son voisin et voici que se met en branle toute une ligne de joueurs, plus fins, plus élégants, qui étaient, jusque-là, immobiles, les mains aux cuisses.

« La cavalerie ! » me souffle Albert qui frémit.

Cette ligne se développe comme un vol d'étourneaux avec une vitesse merveilleuse. En face, la même ligne fonce à sa rencontre pendant que fond la mêlée comme un sucre dans l'eau chaude, et chaque fois que celui qui tient la balle va être abattu, il passe la balle à son voisin, alors qu'Albert hurle : « Plus vite ta passe, plus vite !

Et vous, les troisième ligne, vous voulez que j'aille vous chercher ! » Le rythme de ces passes s'accélère. Oui, c'est très beau. La balle s'approche de nous. Elle arrive dans les mains de celui qui court presque sur la ligne blanche : c'est Perthuis. Dieu qu'il court vite ! Mais deux autres surgissent à une vitesse incroyable, ils le fauchent avec une telle violence qu'il vient s'affaler sur mes pieds avec un bruit mat et puissant. Il a de la boue jusque sur la figure ; il crache, s'ébroue et repart. Personne n'est mort et Albert est fou furieux :

— C'est mou, ça, c'est mou ! Ça dort ! Ce n'est pas du rugby ! dit-il.

Si ce que je viens de voir est du rugby mou, je doute qu'après quatre-vingts minutes de vrai rugby ces gars-là soient encore capables d'assommer les bourgeois ou de jouer les terreurs.

On recommence patiemment, on répète en détail. M'sieu Albert prend la balle (avec quel respect, avec quelle tendresse !), il dispose les joueurs, indique le mouvement de chacun. On exécute. On recommence. C'est une orchestration étonnante, une synchronisation minutieuse.

La police est dans l'école.

Elle fouille des pupitres dans plusieurs classes. Dans la mienne, ce sont ceux de Lamora, qui est absent, comme par hasard, de Piedgros, de Galipot, de Michaux.

Tossus est venu près de moi à la récréation. Il était pâle. Il m'a dit, dans un murmure :

— Encore un coup de ton curé !... C'est l'histoire des cinq cent mille francs.

— Quels cinq cent mille francs ?

— Les cinq cent mille francs du hold-up.

— Quel hold-up ?

Il a blêmi en serrant les poings :

— Tu me demandes quel hold-up ? Mais bon Dieu, à quoi penses-tu ? Où vis-tu ? Dans quelles brumes éthérées ?... Avec ton cureton ?... Complètement incapables tous les deux, lui parce que c'est un con et toi parce que tu es amoureuse de lui !

Il lève ses petits bras au ciel et continue :

— ... Amoureuse d'un ratichon ! Faut être pucelle pour en arriver là !... J'aurais voulu t'éviter ça, mon pauvre petit ! Je t'ai fait signe, moi, ton père, mais tu es bête comme une enfant de Marie, ma pauvre andouille...

Il a continué comme ça pendant deux minutes. Moi, j'en étais encore au hold-up :

— ... Mais... ce hold-up ?

— Le petit encaisseur estourbi et sa sacoche volée... à Clamart... la semaine dernière !

— C'est Albert ?

— Ce n'est pas lui, bien sûr, mais sa bande.

— Sa bande ?

— *Ta* bande aussi, puisque tu t'es compromise avec ce dangereux cinglé.

— Ma bande ?

— Oui, ta bande. Tu veux que je te fasse un

petit dessin ? Tes rugbymen, tu les prends pour
des enfants de chœur ?

— Mais...

— Quelle gourde, cette fille !... Ton Albert a été
questionné par la police. Tout fier, il aurait gentiment proclamé que ses gars lui avaient amené
quatre cent mille francs en liquide pour acheter
les maillots, les godasses et tout.

— En effet... Ils venaient de lui apporter de
l'argent pour...

— Et tu le sais ? Et tu as trouvé ça normal ?
Quatre cent mille francs dans les pattes de ces
morveux et tu ne t'es pas posé de questions ?

— Ils s'étaient cotisés, m'a dit Albert, pour
sauver le club.

— Mais oui, ma petite chérie, ils s'étaient cotisés, ces bons petits, pour aider le cher abbé
Albert dans sa campagne de rechristianisation
des banlieues pourries, pour le bon Dieu et pour
la France ! Et en avant ! Et que je te pleure de
joie sur le beau geste de ces chers petits ! « Sous
les blousons noirs battaient des cœurs
d'apôtres ! »

» Tous les espoirs sont permis. La France est
sauvée ! Quarante-huit garçons se privent tous
les matins de leur cran de chocolat pour sauver
leur jeunesse et un beau jour ils t'amènent un
demi-million d'anciens francs, comme ça, avec
un bon sourire !

Il s'est un peu calmé, puis :

— Que tu te laisses prendre à ça me remplit
déjà d'émerveillement. Ça prouve que tu es

encore plus blanche que je ne me l'imaginais, et
c'est bigrement réconfortant... Même si tu étais
la seule en France, ça suffirait à illuminer mes
sales journées de célibataire dégueulasse, mais
qu'un gaillard de vingt-huit ans comme ton
Bébert accepte cet argent et achète gentiment les
fringues et les godasses et continue à s'époumon-
ner dans son sifflet de chef scout, ça me dépasse.
D'ailleurs, ça n'existe pas. Aucun policier ne peut
croire à ça ! Pour les poulets, le chef du gang,
c'est lui, ça ne fait pas un pli !...

— Mais alors, ils vont l'arrêter ?

— Je l'espère bien ! Ce serait navrant de laisser en liberté un fondu comme ça ! Quoi qu'il en
soit, ils vont venir te questionner. Tâche de ne
pas trop faire l'andouille, hein ! Fais-la fonction-
ner, ta jolie petite tête !

Il a un silence, puis, avec un sourire finaud :

— ... Vois-tu, je rigolerais bien si on l'astico-
tait un peu, ton cureton, mais que les flics
marquent un point, ça me défriserait ! Alors, si
tu es gênée pour répondre, tu la boucles. Compris ? Le grand jeu, les larmes : tu éclates, tu san-
glotes, tu renifles, tu suintes, mais motus !... Et
tu viens demander conseil à ton bon vieux Tossus. Compris ?

Il m'a caressé la joue du bout du doigt, a
haussé les épaules en soupirant : « Ah ! là là,
vingt ans de moins et... » Il n'a pas terminé sa
phrase, il est retourné dans sa classe et au
moment d'en franchir la porte, il s'est arrêté pour
dire :

— Et n'oublie pas que, depuis trois ans, il y a eu dans le coin une trentaine de cambriolages et une dizaine de hold-up dont on n'a pas retrouvé les auteurs !

Un instant plus tard, un inspecteur de police frappait à ma porte, touchait le rebord de son petit feutre et montrait sa plaque en disant :

— Police ! Me permettez-vous de jeter un coup d'œil ?

Après une inspection sommaire de la bibliothèque, il me posa quelques questions sur Lamora, puis :

— Connaissez-vous Albert Labastugue ?

— M'sieu Albert ?

— Oui, M'sieu Albert.

— Oui, je le connais. Il rédigeait et signait les mots d'excuse de ceux de mes élèves dont les parents ne savent pas écrire.

— Il y a encore, au XXe siècle, des gens qui ne savent pas écrire ?

J'ai souri de cette ignorance d'un inspecteur de police en disant :

— Vingt pour cent.

— C'est inimaginable.

— Vous êtes inspecteur de police et vous ignorez ces choses ? Alors continuez à vous étonner : il y a cinquante pour cent des parents qui sont incapables de construire une petite lettre d'excuse pour une absence de leur enfant, à Paris. J'entends une lettre sans faute d'orthographe et dont la syntaxe soit à peu près correcte, sans plus.

L'inspecteur a semblé réfléchir, puis :

— Donc vous le connaissez ?

— J'ai voulu faire sa connaissance.

— Vous l'avez vu souvent ?

— Une dizaine de fois pour régler des questions qui normalement auraient dû être traitées avec les parents, surtout avec les Arabes.

— Avec les Arabes ? Il s'intéresse aux Arabes ?

— Pas particulièrement, mais les parents étant illettrés, c'est lui qui...

— Est-il reçu chez ces Arabes ?

— Je ne sais pas au juste.

— Pouvez-vous me donner le nom de ces Arabes ?

Je les lui ai donnés.

— Quels sont vos rapports avec lui ?

— Professionnels, d'abord, puis amicaux ensuite. Nous avons les mêmes préoccupations.

— Quelles préoccupations ?

— Essayer de soustraire ces jeunes à l'ignorance, au vice, à la rue, à l'oisiveté, surtout à la solitude où les plonge la démission des parents qui les abandonnent...

— Pour vous, ce souci est normal, mais pour lui, Albert Labastugue, à quoi correspond cette activité ?

— Il m'a semblé que c'est un homme hanté par le besoin de faire le bien, de reprendre en main la jeunesse délaissée, de lui proposer des buts plus relevés... Sans doute est-il prêtre-ouvrier ?

J'ai lancé cette question, le cœur battant. Peut-

être vais-je enfin savoir ? Mais le brave inspecteur revient à son affaire :

— Mais... ces Arabes...

Il m'a aiguillée sur les Norafs puis, brusquement :

— En somme, vous avez déjà été mêlée à une
histoire de vol ?

— De vol ?

— Oui, à l'école ! C'est bien vous qui avez restitué l'argent ? Pourquoi l'avez-vous restitué ?

— Parce que les voleurs l'avaient rendu.

— Par l'intermédiaire d'Albert Labastugue ?

Il a posé cette question en me regardant en
face, durement et, tout à coup, il m'est venu à
l'idée de poser franchement LA question :

— Monsieur l'inspecteur, j'ai cru, et je crois
encore, que M'sieu Albert était prêtre-ouvrier. J'ai
pensé que cette restitution avait été faite à la
suite d'une confession ; je n'ai donc pas cherché
à en savoir davantage, mais permettez-moi de
vous demander : est-il prêtre-ouvrier ?

Nous chuchotions près de mon bureau et les
élèves s'étaient mis à bavarder, couvrant nos
voix. J'attendis la réponse, et elle vint. L'inspecteur parlait trop bas pour que je puisse l'entendre
et je dus le faire répéter. J'entendis alors :

— Je ne devrais pas vous répondre, mais au
fond, ça n'a pas d'importance pour l'enquête...
Eh bien... voici : personnellement, je n'en sais
rien. Mais un de mes collègues est aujourd'hui à
l'archevêché, il saura tout.

Quand je suis revenue de mon évanouisse-
ment, j'étais étendue sur l'estrade et mes petits,
la figure bouleversée, me demandaient à brûle-
pourpoint :

— Ça va mieux, m'dame ? Ça va mieux ?

Le directeur arrivait en courant au moment où
je me relevais ; très gentiment, il me dit, un peu
affolé :

— Rentrez chez vous, mon petit, rentrez !

Je fus vite habillée et, d'un bond, je me rendis
chez Albert. Il était là, car il prenait son service
de soirée. Il préparait sa petite sacoche, calmement. Quand il me vit, il baissa la tête :

— Alors ?

Il eut un geste d'impuissance navrée :

— C'est un coup dur. Juste au moment où ça
commençait à marcher !

Je criai :

— A marcher ? Tu trouves que ça commençait
à marcher alors que tes petits salauds atta-
quaient un encaisseur ?

— Ce n'est pas certain qu'ils aient attaqué
l'encaisseur. C'est même très improbable...

— Bien entendu ! Tes chers petits agneaux
sont blancs, tout blancs, bien propres !

— Je ne peux pas croire qu'ils aient fait ça !

— Je sais ! Ce sont de bons petits...

Il redressa la tête, me regarda en face et, crâ-
nement :

— Et encore s'ils avaient attaqué l'encaisseur !
Ils l'auraient fait pour se procurer l'argent qui les

sorte du marécage, de l'oisiveté, du vice, de la débauche grâce à l'amitié, à l'action, à l'idéal sportif, à...

Il s'arrêta, parce que je m'étais mise à rire. Car c'était comique, cette naïveté, cette stupide volonté de l'innocence.

— Ne ris pas, Catherine, tu me fais mal. Je pensais que tu serais la dernière à croire encore à leur volonté de se régénérer... La police va tout gâcher, personne ne me croira et toi tu m'abandonnes...

J'étais déchaînée :

— Vas-y de ton sermon, monsieur l'ABBÉ !

Il eut un regard excédé.

— Oh ! je t'en prie, pas de ça ! dit-il doucement.

— Comment pas de ça ! Tu es bien curé, n'est-ce pas ?

Il eut un geste de la main qui signifiait : « Laisse tomber ! » Je repris :

— En aurais-tu honte ?... (Il se taisait.) On le croirait à la façon dont tu le caches !

Il faisait mine de ranger ses affaires dans sa musette. J'ai crié :

— Alors ? C'est tout ce que tu trouves à répondre ? Tu m'enthousiasmes, tu me boule-verses, tu m'entraînes dans ton entreprise, tu me mobilises corps et âme, et tu ne me dis même pas : je suis prêtre.

— Si je te l'avais dit, aurais-tu lâché le club ?

— Oui, puisque tu veux le savoir. Oui, j'aurais lâché le club, parce que je suis une femme ; et tu sais bien qu'une femme ne se lance pas dans une affaire comme celle-là par dilettantisme ; je suis venue à ton club à la noix de coco parce que je t'aime, rien que pour ça, et tu ne pouvais pas l'ignorer. Curé ou pas curé, je t'aime, voilà, je t'aime !

Là-dessus j'ai éclaté en sanglots.

Il est resté immobile, et ses lèvres tremblaient. Après une première crise de larmes, j'ai continué :

— On n'a pas le droit, tu entends, on n'a pas le droit d'embrigader comme ça une fille sans lui dire... Au fond, je comprends l'utilité de la soutane. Je reviens sur tous mes jugements à ce sujet : elle est utile la soutane, elle est franche...

— Tais-toi ! a-t-il dit.

— Mais non, je ne me tairai pas. Tu aurais eu la soutane, j'aurais su à quoi m'en tenir, je ne t'aurais probablement pas suivi... ou encore j'aurais fait taire mon instinct...

— Ah ! tais-toi, tu dis des bêtises !

— Non, je dis des choses toutes simples, toutes pleines de bon sens et de sincérité. Je dis la chose la plus simple au monde : je t'aime. Une fille de vingt-deux ans aime un homme de vingt-huit. C'est simple. C'est toi qui as tout compliqué, avec tes histoires de curé sans soutane qui veut faire croire qu'il est ouvrier, sans l'être, tout en l'étant. C'est tellement bête et invraisemblable que la police et les gens croient que tu n'étais finalement qu'un gangster qui aurait organisé un gang d'enfants et qui se serait camouflé en douceureux bienfaiteur de la jeunesse ! A l'heure actuelle, on est en train de penser, au quai des Orfèvres, que ton rugby, ton club, ton apostolat, ce n'est qu'un alibi, un paravent et...

Ses yeux s'étaient agrandis et il eut l'air complètement ahuri :

— Tu crois ? Non, ce n'est pas possible !

Je m'étais apaisée et, très calme, j'ai repris la conversation en main. C'est alors qu'on a frappé à la porte.

Un inspecteur de police est entré et a demandé à avoir une conversation avec Albert. Je me suis esquivée, après vérification de mon identité et, aussitôt dans l'escalier, je me suis demandé si Albert était sincère ou jouait la comédie ; une telle candeur me paraissait invraisemblable. J'étais au supplice.

J'ai préféré marcher dans les rues, droit devant moi.

Petit à petit, j'ai repris assurance et confiance et je suis revenue à l'école où d'autres problèmes m'attendaient, des problèmes quotidiens, plus banals peut-être, mais réconfortants. J'aime l'école. J'aime les murs, les bancs et les pupitres de l'école, le parfum d'encre sèche et même le remugle de cinquante fils du peuple enfermés et contraints, et j'aime par-dessus tout les problèmes d'éducation et d'enseignement (et c'est ce qui m'a jetée dans l'orbite de M'sieu Albert).

Je retrouvai tout cela avec joie.

Une scène amusante, d'ailleurs, se passa après la récréation. La voici :

J'interroge un élève sur Jules Ferry. Après de nombreuses hésitations, il me répond :

— Jules Ferry était le fils de Clovis !

J'éclate de rire avec trois élèves seulement. Les autres ne trouvent pas la chose tellement ridicule. Après plusieurs questions, j'arrive à comprendre qu'il confond Jules Ferry et Chilpéric, qui était le petit-fils, et non le fils, de Clovis.

Je suis sur le point de le punir, de le ridiculiser, mais je pense, à temps, que tout cela pourrait être de ma faute : est-ce que je prononce assez bien ? Est-ce que j'écris au tableau tous les mots et les noms nouveaux ? Et cet élève entend-il bien ? Car il est évident que Chilpéric et Jules Ferry, prononcés négligemment, peuvent très bien être confondus par une oreille un peu distraite. J'ai souvent ri des comédiens qui prononcent « Chilepérique », en faisant sonner les muettes. Je comprends maintenant que la phonétique est une science difficile.

D'ailleurs, tout est difficile. Tout est grave, tout a de l'importance, surtout lorsqu'on s'adresse à des enfants et mon métier est bien le plus beau du monde.

Sur l'échelle chronologique que j'ai dessinée et imagée autour de la classe, je montre Clovis tout au fond des temps historiques, et ensuite je montre Jules Ferry, en redingote noire, tout près de moi, au-dessus du tableau mural, dans son auréole de laïcité. Ils disent qu'ils ont compris.

Et qu'a fait Jules Ferry ?

On me répond qu'il a créé l'école « gothique ».

J'arrive à comprendre qu'on veut dire : laïque. Gayraud prétend que « tous ces trucs en *ique*, c'est la même chose ».

Toujours comme à la radio.

Le verbalisme, maladie du siècle, dirait monsieur l'inspecteur.

5

Les jours s'écoulent. Je n'ai pas revu Albert. Coupable, est-il arrêté ? Gangster, est-il allé se faire pendre ailleurs ? Agent politique, a-t-il terminé sa mission ? Prêtre, a-t-il été envoyé dans un autre diocèse ? en punition ? en retraite ? que sais-je ?

Au fond de mon cœur je sens, et je souhaite, qu'il m'ait dit la vérité, mais qu'il se reprenne à temps, qu'il abandonne le sacerdoce et me revienne. J'ai trop pensé à lui, je l'ai trop suivi pour abandonner si vite mon espoir. Je suis allée deux fois à l'archevêché, où l'on m'a poliment éconduite. La première fois, on m'a dit qu'on ne le connaissait pas. La seconde, j'avais prétendu vouloir lui remettre une somme d'argent lui appartenant, on m'a priée d'écrire une lettre à l'archevêché qui transmettra, ce qui laisserait supposer qu'il appartient à cette maison.

J'ai écrit. Je n'ai pas encore de réponse.

Je me tue de travail pour oublier, pour échapper à l'ennui et au découragement. Je guette les progrès scolaires, voilà la plus belle et la plus courante de mes joies. Car « ILS » font des progrès scolaires. C'est à n'y pas croire.

Oh ! Ne soyons pas trop difficile. Contentons-nous de vingt fautes dans une dictée, au lieu de quarante. Cinq fautes seulement et voilà ma journée embellie. Une leçon sue et c'est du délire.

Tossus, qui vient près de moi le plus souvent qu'il peut, humblement, gentiment, ajoute à l'euphorie en me contant des anecdotes choisies. Pourtant, hier, il n'a pas pu se retenir. Il est venu en se frottant vigoureusement les mains, ce qui est le signe chez lui d'un vif contentement né de la constatation d'une bassesse ou d'un scandale.

— Les petits salauds ! a-t-il dit sans préambule. Les petites charognes ! Les voilà qui me comblent de cadeaux ! Tous les jours des cadeaux ! Et pas de la merde ! Rien que des choses de prix ! Et des demandes de leçons particulières ! Les petits salauds !

— Plaignez-vous ! C'est tant mieux pour vous !

— Alors, je devrais pavoiser, hein ? Passez la monnaie et vous passerez tous au lycée, en sixième, sans examen ! Car tu ne l'ignores pas, je fais le cours moyen deuxième année. Tu saisis ? L'entrée en sixième, c'est moi ! Alors cadeaux, leçons particulières ! Voilà le civisme, voilà la démocratie !

— Et le directeur, qu'en dit-il ?

— Oh ! lui, tu le connais : pas d'histoires. Envoyez tous ceux que vous voudrez en sixième, tout le monde si vous voulez ! De toute façon, à la fin du premier trimestre, la sixième renvoie les incapables dans le primaire ou dans l'apprentissage et là, nous n'y sommes pour rien !

Et Tossus éclate de rire :

— Vive la démocratie ! Vive la France !

Grande émotion : ce soir, à la sortie des classes, qui ai-je vu, debout sur le trottoir d'en face ? Albert.

Une nuée d'enfants se précipitait vers lui. Il serra des mains. Il avait le sourire. Il vint à moi très simplement. Nous partîmes ensemble n'importe où ; il marchait très vite, à grandes enjambées nerveuses, et je trottinais.

Au bout d'un moment, je lui ai posé franchement la question :

— Dans tout ceci, ai-je dit, une seule chose m'intéresse : es-tu prêtre ?

Il baissa la tête, se détendit un peu, et forçant l'allure :

— Non. J'ai fait un stage dans une communauté du genre prêtre-ouvrier, mais je n'ai pas reçu les ordres. Je faisais ici une expérience.

— Un essai ?

— Oui, si tu veux, un essai.

— Alors rien n'est perdu.

— Que veux-tu dire par là ? a-t-il demandé en souriant tristement.

— En disant ça, je ne pense ni à tes voyous, ni à l'archevêché, je pense à moi. Tu m'excuseras, mais c'est ainsi. Pour moi, désormais, ce qui compte, c'est mon mariage, mon mari, mes enfants, mon foyer, la vie de ma chair, de mes fibres. La vie, pour moi, c'est ça. Et, en te rencontrant, j'ai senti pour la première fois, que tu étais, que tu serais la chair de ma chair...

Il eut un geste indéfinissable pour m'interrompre, mais je continuai :

— ... Que tu serais la chair de ma chair, ou rien du tout. Je tiens à en avoir le cœur net.

— Taisez-vous, a-t-il dit, très calme. Nous reprendrons notre conversation quand vous serez calmée.

Ce « vous » m'a glacée, pourtant j'ai pu me maîtriser.

— J'ai obtenu de la police, m'a-t-il dit alors, qu'on n'embête pas les gars pendant quinze jours et qu'on me laisse les reprendre en main. Je pense pouvoir leur faire restituer ou tout au moins faire un geste, alors j'avais pensé... je voudrais que vous tâchiez...

Je lui ai coupé la parole :

— Ne compte plus sur moi, Albert, sinon pour gérer ton ménage, soigner et éduquer tes propres enfants et sauver « tes » meubles, pas ceux des autres...

— Ne plaisantez pas, Catherine... J'ai été violemment critiqué par mes supérieurs, mais j'ai obtenu d'eux que...

— Tes supérieurs ? Quels supérieurs ? Tu n'as pas de supérieurs. Tu me l'as dit toi-même un jour : je n'ai d'autre supérieur que Dieu ! Personne n'a de supérieur !...

— Ne dites pas de choses stupides, Catherine. L'obéissance...

— Non, Albert, je n'écoute rien.

— ... L'obéissance à une hiérarchie, le renoncement, tout cela fait partie d'une discipline que...

— Le Christ s'occupait-il d'une hiérarchie ?

— Je ne suis pas le Christ !

— Mais tu voudrais l'imiter, et ce n'est pas en te mettant à la remorque d'un sanhédrin que tu y parviendras...

J'étais folle. Je ne pouvais plus me maîtriser maintenant :

— ... Avec ta « hiérarchie », tu me fais penser à ce que tu me disais des « convaincocus ». Mais tu es un « convaincocu » ! Tu attends les ordres de « madame la hiérarchie » que tu admires et qui le sait, et qui prend plaisir à te briser, pour mesurer et renforcer son emprise sur toi ! Tu veux échapper à la femme-droit-au-bonheur, et tu te jettes dans les bras d'une « hiérarchie » encore plus exigeante et plus ombrageuse !...

J'étais lancée, Dieu seul sait sur quelle pente ! J'eus même mon petit instant prêchi-prêcha :

— Jésus dit : « Celui qui m'aime, qu'il prenne sa croix et qu'il me suive ! » Il ne dit pas : « Qu'il entre au séminaire, qu'il obéisse à la hiérarchie ! » Il se contente de dire : « Qu'il prenne la croix et qu'il me suive ! » Où vois-tu la place d'une hiérarchie ?...

Il y en eut pour dix bonnes minutes de cette

eau. Albert avait pris le parti de sourire gentiment, sans plus se soucier de mes discours :

— Nous perdons notre temps à dire des
bêtises, mon petit. Parlons sérieusement maintenant ! dit-il. Ne me compliquez pas la tâche !

Tout fier de son emprise sur lui-même, il exa-
gérait maintenant la douceur de son regard, la
tranquille candeur de son attitude et l'onction
désinvolte de ses gestes. Il me demanda de
convoquer « tout le monde » au local, discrètement, pour le lendemain jeudi.

— Ce n'est pas pour la hiérarchie que je vous
demande ça, ajouta-t-il en souriant suavement,
c'est pour moi... et pour les petits !

Nous nous sommes séparés en nous vouvoyant
car mon excitation était tombée et je n'avais plus
assez de forces pour continuer a employer, seule,
le « tu » auquel je me raccrochais farouchement.

Je ne sais ce qui fut dit à cette réunion, ni
même s'il y eut réunion, car, retenue par des
leçons particulières, j'arrivai trois quarts d'heure
après le rendez-vous.

Dans la cour, une demi-douzaine de gars
jouaient, sans conviction, avec un ballon ovale
dans la boue noire. C'étaient des petits que je ne
connaissais pas et, bien que le ballon fût ovale,
ils jouaient au pied, ce qui est de mauvais augure
et parfaitement sacrilège, je crois.

Dans la chambre-bar dont la porte était
ouverte régnait aussi la plus grande désolation :

désordre, obscurité, poussière et puanteur de pipe froide. Sur la table, de vieux journaux écornés, *L'Equipe, Le Midi Olympique.*

J'allais repartir discrètement lorsque j'entendis un soupir. Je distinguai alors la silhouette d'Albert. Il était assis sur le lit et levait la tête. Il ne m'avait pas entendue venir et ne m'aperçut qu'à ce moment-là. Il quitta son attitude prostrée et me fit signe d'entrer et de m'asseoir. Il passa une main dans ses cheveux, tira sur la fermeture éclair de son blouson, comme s'il sortait du sommeil.

— Alors, cette réunion ? demandai-je.

— Ça marche, ça marche... ça marche, dit-il sans enthousiasme... Je pense que... euh... certainement... euh... vraisemblablement...

— Si nous en sommes aux adverbes de cinq syllabes, nous sommes perdus ! coupai-je.

Il me regarda, soupira, se leva, puis se rassit précipitamment en disant :

— Ils me briseront !

— « Ils » ?... Pourquoi toujours « Ils » ?... Et qui : « Ils » ?... Tes vicaires capitulaires ? Tes bureaucrates de l'archevêché ?... Tes supérieurs ?... Non, Albert, il n'y a qu'une hiérarchie, celle de la famille. Tout le reste n'est que littérature, orgueil et vanité. Vous me faites rire, avec vos inventions, oui vous me faites rire !...

J'ai tellement ri que j'ai fini par sangloter. C'était parfaitement ridicule. Il allait et venait en se frottant les mains et en s'arrêtant lorsqu'il passait derrière la chaise où je m'étais affalée. La troisième fois qu'il passa derrière moi, il s'arrêta plus longuement et je sentis ses mains se poser sur le dossier. J'eus un frisson. Il y eut un silence, puis ses mains se retirèrent et il reprit ses allées et venues en disant :

— Je suis navré... C'est un malentendu... Un simple malentendu.

J'étais déjà dehors qu'il répétait encore : « Un simple malentendu... Un regrettable malentendu... »

En arrivant chez moi, j'ai trouvé une lettre de mon frère. Il m'annonce qu'il vient d'acheter une nouvelle machine : une moissonneuse-batteuse !

C'est une nouvelle folie, bien sûr, surtout sur un domaine de cinquante hectares, mais il m'expliquait que sa moisson serait faite en quelques heures et qu'alors il allait pouvoir aller faire une saison de moisson chez les autres. C'est très rentable, paraît-il. Bien entendu, il me répétait là les arguments que lui avait donnés le vendeur. Je devine que la réalité sera toute différente. Je sais que les autres cultivateurs, conquis par les mêmes arguments des mêmes vendeurs, vont tous acheter, en secret, une moissonneuse-batteuse de quatre millions qu'ils se proposeront d'amortir en allant faire la moisson chez les autres. Finalement, ces appareils de quatre millions se contenteront de moissonner quelques hectares de céréales.

Investissement de quatre millions pour un travail de quelques heures par an.

— Ça va nous faire le kilo de pain cher, tout ça ! clame en ricanant notre ami Tossus à qui j'en parle aussitôt que je le rencontre.

Quoi qu'il en soit, et tout compte fait, j'enverrai à mon frère l'argent que je destinais au « club », ce fameux club.

Tossus, qui est très au courant, car il a dans sa classe au moins trois des suspects, m'a dit :

— Ton frocard sans froc, il l'a dans l'os. C'est bel et bien ses enfants de chœur qui ont estourbi l'encaisseur ! Ils lui ont fauché un million cinq cent mille anciens francs. Ils ont dit que c'était pour soutenir le club de M'sieu Albert.

— Est-ce qu'il va être arrêté ? ai-je demandé.

— Je m'en fous. Mais des cinglés comme ça, c'est mieux en tôle !

— Alors tu es aussi un cinglé, Tossus, car tu as les mêmes idées que lui sur le travail de la femme, sur la démission des parents...

— Avec cette différence que ton curé voulait refaire le monde, alors que moi, si tu savais comme je m'en fous de toutes leurs âneries !

Il a éclaté de rire en faisant le geste de sortir, mais il s'est ravisé. Il est revenu vers moi, l'œil humide et la voix altérée :

— Oui, fifille, oui, il avait les mêmes vues que moi. Oui, il m'était même très sympa et on était bien d'accord tous les deux... La preuve, c'est qu'on avait tous les deux le béguin de la même femme !... Pas de chance, cette pauvre fille : deux hommes l'aimaient. L'un était un curé, cuirassé d'orgueil ecclésiastique, l'autre était un vieux con qui pourrait être son père et qui n'osera jamais lui demander de l'épouser !...

Il est sorti en ricanant :

— ... Et lui non plus n'avait pas de chance !

Nous commençons les compositions de fin d'année et les examens de passage. A part moi et mes cinq premiers que j'appelle mes « cinq normaux », Nguyen, qui cravache avec le sourire, Vermenouze, Pinchet, l'impassible Abderrahmane, et Martin, personne n'a la fièvre. Passer dans la classe supérieure n'est pas dans leurs préoccupations.

D'ailleurs, avec un sens aigu des réalités, ils ont établi une doctrine très simple et très objective :

— Vous cassez pas la nénette. Reçus ou pas reçus, c'est du kif. Y a déjà trop d'élèves et pas assez d'« instites », l'école est trop petite et y a trop de moujingues derrière nous. Faudra bien nous faire passer dans la classe supérieure, pour dégager !

J'ai même entendu, plusieurs fois :

— ... Et pas de danger qu'on nous foute à la porte : l'école est obligatoire jusqu'à seize ans pour nous ! C'est comme le service militaire ! Alors écrasez, les potes ! On « les » emmerde !

Oui, c'est déjà la mentalité d'assisté obligatoire, la mentalité de matricule. Elle est lamen-

table chez les adultes, mais cela me paraît atroce
de la trouver chez des enfants.

— C'est ça, l'enseignement obligatoire ! rigole
Tossus.

— Nous leur aurons quand même appris à
lire ! dis-je.

— Pour leur permettre de lire les articles
contradictoires de notre admirable presse, et de
frauder leur déclaration d'impôts...

Il ajoute :

— Ça ne leur servira même pas à faire les
devoirs de leurs enfants, car dès la naissance ils
les abandonneront à l'Etat, dispensateur de
tout !... Nous vivons une grande époque...

Je veux fuir ce râleur permanent et trop pers-
picace. Je veux trouver les beautés, les grandeurs
de cette fameuse époque. Elle doit pourtant bien
en avoir, en dehors des voyages dans la Lune et
des explosions atomiques dont je ne vois pas le
rôle bienfaisant. Elle doit bien receler, quelque
part, quelque chose d'exaltant, que Tossus
recouvre de ses sarcasmes et que je suis trop bête
pour découvrir. Albert, également pessimiste,
mais illuminé par la foi et imbibé par l'espé-
rance, dit que ce qui est exaltant, en ce temps,
c'est précisément cet effort considérable qu'il
faut faire pour le trouver beau et redonner aux
hommes le sens de Dieu.

Tout à l'heure Lallemand, un petit gars indifférent et même assez faux jeton, m'a apporté un
bouquet de fleurs. Ça me paraît infiniment plus
réconfortant que la fission de l'atome, mais il ne

m'échappe pas que ce même Lallemand devait, ce matin, me remettre une punition et qu'il ne l'a pas fait. Je constate même que je n'ai pas le courage de lui demander cette punition. Je voudrais croire qu'il l'a vraiment oubliée. J'ai peur que M'sieu Albert s'exalte à aussi bon compte !

Mais qu'importe ! Albert doit continuer son expérience et je suis bien sotte de l'importuner de mes vulgaires petites « fureurs utérines » comme dit Tossus, qui a dû le lire dans Montherlant.

Tentons donc de voir, ailleurs que dans les dithyrambes de la presse, mais sur le vif, les beautés, les grandeurs de cette époque.

Je respire donc, pour commencer, avec douce émotion, le parfum du bouquet de Lallemand, et Lallemand me regarde, tout heureux et tout fier. On dirait qu'il est régénéré par le plaisir que j'éprouve à humer ses fleurs... à moins qu'il soit ravi de voir que son stratagème réussit. Va savoir.

Puis je regarde ma classe. Je dois dire que cette classe a une drôle d'allure : nous faisons, pour lors, une dictée. Ils écrivent tant bien que mal, mais, de temps en temps, un élève s'interrompt. Les yeux un peu révulsés, il se lève et se met à gigoter, les bras levés à la hauteur des épaules, en chantant : « Twist, twist, twist again », puis il se rassied.

Au début, j'ai puni (ça se produit assez souvent), mais je me suis aperçue qu'ils ne comprenaient pas pourquoi je les punissais et, de toute façon, ils ne font pas la punition. En esquissant ce pas de twist, en vérité, ils sont en état de transe et ne se rendent pas compte du tout de la gêne qu'ils créent.

D'ailleurs, qui est gêné ? Moi seule, car tous sont habitués à manger, dormir, travailler (? !), parler pendant que hurle la radio ou que s'agitent les images de la télé, et quelquefois *les deux ensemble*, comme je l'ai vu chez des voisins !

Drôle de classe aussi que ce cours moyen première année où au moins trente garçons sur cinquante ont douze, treize ou quatorze ans et qui sont incapables d'écrire correctement, sous la dictée, des diphtongues ou même simplement des syllabes comportant deux consonnes, mais reconnaissent les automobiles *au seul son du moteur*, et peuvent mettre, sans aucune erreur, un nom sur les photos de *toutes* les vedettes de cinéma et de la chanson qu'on leur présente.

Drôle de classe scolaire, mais surtout drôle de classe sociale ! Je ne sais plus qu'en dire ni qu'en penser. Est-elle coupable ? Ou victime ?

Tossus répond : Victime ! Victime de la radio, de la télé, du cinéma, de la publicité. Bombardés d'images incohérentes et de sons à longueur de journée, sans préparation, sans culture, ils ne comprennent plus rien à rien et ne peuvent plus fixer leur attention. Ils ont entendu parler de tout, ils ont tout vu, mais ils ne savent rien. Ils se sont lassés de tout ce qui demande réflexion. Passifs intellectuellement, ils obéissent au slogan, au mot d'ordre qui ne leur demande aucun effort. La violence, à la rigueur, leur paraît être

une façon de se prouver qu'ils ont quelque libre
arbitre.

Bref, c'est, selon les occasions, de la graine de
badaud, de la graine de manifestant, de la graine
de partisan. Trois formes de la même passivité.

Albert répond : « Coupables ou victimes, il faut
les sauver ! »

C'est peut-être stupide, mais je l'admire et je
dois m'effacer pour laisser le champ libre à cet
enthousiasme. Pourquoi ne m'a-t-il pas giflée
lorsque je lui faisais mes odieuses crises ? Que
doit-il penser de moi ? Dans son esprit, je dois
rejoindre toutes ces folles qui tournent autour
des curés, des saints. Peut-être n'ai-je été pour lui
que la tentation qu'il a pu utiliser pour renforcer
sa décision. Qui sait ?

La police est venue à l'école.

Ils avaient arrêté les grands à leur domicile et
ils sont entrés dans les cours pour arrêter les
autres. Lamora est du nombre. C'est le seul de
ma classe.

C'est une grave faute, de la part des policiers,
qui ont ainsi fait une très belle propagande aux
coupables. On l'a bien vu à la façon dont tous les
élèves, groupés, ont regardé sortir les « durs »,
encadrés par les flics. C'était la fin de la récréation. Nous avons essayé de les disperser mais ils
sont restés immobiles, pétrifiés d'admiration,
puis de plus en plus excités au fur et à mesure
qu'ils avançaient vers la porte de la cour, vers le

panier à salade qui les attendait. Tout à coup, il y eut un coup de sifflet, puis d'autres, et cela s'est transformé en une huée puissante, horrible, de ces voix d'enfants, ponctuant de « *Flikopoto !* » et autres injures. Et la masse hurlante des élèves de l'Ecole d'Etat s'est mise en branle et a déferlé sur le groupe formé par les policiers qui ont été vivement bousculés. Un agent en uniforme fut même jeté à terre et les autres eurent bien du mal à éviter que le troupeau hurlant les piétinât. Les plus grands étaient derrière et poussaient violemment les plus petits, devant eux, qui venaient s'écraser sur les policiers ; ces hommes n'osaient frapper ces enfants qui tombaient les uns sur les autres, dans la poussière.

Lamora, profitant de ce désordre, tenta d'échapper au policier qui le tenait par le bras. Il y eut une lutte très vive alors que le commando des lieutenants criait à Lamora, comme je les avais vus faire dans la mêlée de M'sieu Albert : « Tiens bon, Lama, on arrive ! »

Lamora, encouragé par ses troisième ligne, poussait farouchement le policier. Les camarades arrivèrent et, comme au rugby, plaquèrent aux pattes, littéralement, l'agent qui tomba, alors que, piétinant les petits, le gang, très bien enlevé par « Bras de fer », emmenait Lamora. Avant de disparaître du côté des W.-C., où ils escaladèrent le mur avec la prestesse d'un commando de choc, Lamora prit le temps de se retourner et de ricaner :

— Va te faire voir, hé, patate !

Le directeur s'était jeté au milieu du flot hurlant et se démenait en criant :

— Allons, messieurs ! Allons ! De la tenue ! Voyons !

Les autres maîtres s'agitaient vainement. Seul, Tossus, à l'écart, riait de tout son cœur...

Lorsqu'il eut bien ri, il cria d'une voix forte :

— Vos gueules, là-dedans, espèces de petits cons !

Tout le monde, alors, se tut, et les policiers purent emmener quatre coupables. Les trois autres avaient disparu.

Monde bizarre où je suis noyée, perdue.

L'année scolaire tire en longueur dans une atmosphère irrespirable.

L'été, plus encore que l'hiver, Paris est aussi invivable pour moi que pour un chevreuil : pas de verdure, pas d'humidité. Asphalte et pavé, ciment et plâtre. Les bruits y paraissent encore plus déprimants, et le dimanche, pour voir un brin d'herbe, il me faudrait dépenser au moins deux mille francs de chemin de fer. Pas question.

Je me traîne donc dans les rues surchauffées pour me remettre d'une semaine scolaire terrible, les gosses étant insupportables. Et franchement, je les comprends. A leur âge, dans cette cage de ciment où tout est défendu, même de se rouler dans l'herbe (qui ici s'appelle « pelouse » ou « gazon »), je serais devenue enragée et mon frère aurait estourbi les encaisseurs, c'est certain.

Il y a, dans ces rues laides de banlieue, à la fin de juin, des appels à la sauvagerie, à la colère. Colère contre ce stupide entassement, colère contre soi-même de ne pouvoir s'enrichir assez vite pour pouvoir acheter la voiture qui vous permettrait de fuir, au moins pendant trois mois !

M'sieu Albert disait :

— Le vol de voiture, à Paris, au mois d'août ? Mais il est normal !

Et Tossus prétend que s'il n'a jamais volé une voiture pour « foutre le camp », c'est tout simplement parce qu'il ne sait pas conduire.

Et alors je comprends la « femme qui travaille » et les gosses en apprentissage à quinze ans. C'est nécessaire pour acheter cette « voiture » qui permet de fuir la cité brûlante, inhumaine, plus stérile que le pire des déserts. Il est vrai qu'il faut deux heures pour en sortir et quatre heures pour y rentrer, que l'essence est hors de prix, mais on ne s'aperçoit de ça que lorsque la voiture est achetée et les traites signées !

Tout mon dimanche, je marche donc, en sueur, pour « visiter Paris », en évitant au maximum l'autobus, si coûteux, et le métro. L'asphalte est dur et monotone. Les hommes aussi sont monotones, qui vous suivent et, pour engager la conversation, ont tous les mêmes mots, les mêmes formules.

Et je pense à mon village, si vert, si frais, si paisible. Je pense aux gens qui l'habitent, que je trouvais si banals et qui, par comparaison, me paraissent si dignes, si solides. Puis je reviens à mes gosses, à leurs compositions dont j'ai une liasse dans mon sac et que je corrige, au Luxembourg, assise sur un banc dont je suis délogée toutes les dix minutes par celui de mes suiveurs qui est le plus entreprenant : j'en compte quelquefois six derrière moi, depuis l'adolescent timide jusqu'au vieux sale, en passant par le maniaque plein de tics et le séducteur professionnel, le plus à l'aise, bien entendu, et le plus abject.

Je fais mes moyennes avec une véritable ardeur. Avec la passion d'un turfiste, je suis la course du peloton de tête. Ce sont les seuls qui combattent. Tantôt c'est Vermenouze qui est en tête, tantôt Perdurot, tantôt Nguyen, tantôt Blaziot. Je guette la montée, lente et régulière, d'Abderrahmane. Je voudrais bien voir surgir quelque outsider.

Nguyen (Vietnamien) et Abderrahmane (Kabyle), voilà en somme les bons élèves de la communale. Peut-être sont-ils plus à l'aise, par cette chaleur, que les autres ; quoi qu'il en soit, ils sont ma consolation.

Cette nuit, j'ai été réveillée par une porte qui battait dans le couloir. J'ai entendu aussi des bruits suspects, alors que l'odeur de l'éther, qui me parvient souvent de la chambre de ma voisine, envahissait l'étage.

Je suis sortie avec ma lampe électrique. Une porte béait en effet. Je suis entrée et j'ai trouvé ma voisine étendue, les pattes en l'air ; elle était pleine d'éther.

La chambre était sordide, en désordre. J'ai été choquée douloureusement. J'ai appelé le concierge, nous avons fait le nécessaire. Le concierge m'a dit que cette fille, que je trouvais belle, quoique un peu bizarre, était venue de Toulouse cinq ans plus tôt pour faire du chant. Elle chante présentement dans un cabaret.

Rentrée chez moi, je me suis recroquevillée dans mon lit et je n'ai pas pu me rendormir. J'ai été heureuse, ce matin, de trouver Tossus à qui j'ai conté la chose.

Comme d'habitude, il a tiré des conclusions révoltantes, il a ricané :

— Mon petit, c'est ça Paname ! Le rendez-vous des cinglés ! Tous les cinglés de France et de Navarre, et d'autres lieux, se donnent rendez-vous à Paris dans les vaillantes petites chambres de bonnes. Ils viennent y conquérir la presse, la radio, le cinéma, le théâtre, la mode, le peuple, l'opinion, la littérature... Tous les cintrés sont là...

Il s'est mis à chanter : *Sous les toits de Paris...* et j'ai eu la nausée. Pourtant, que de bon sens dans les vomissures de Tossus ! Je lui ai dit :

— Pourquoi es-tu si méchant avec les hommes ?

Il m'a répondu :

— Ils m'ont tellement déçu !

Tossus m'aborde ce matin avec le sourire. Un sourire en dedans, qui lui donne l'œil humide et la main tremblante. Il me dit, en pointant son index vers mon sternum :

— Toi, ma cocotte, j'ai à te parler !

Une familiarité excessive cache toujours, chez lui, une émotion ou une exaltation. Je m'attends à tout...

Il a été convoqué plusieurs fois chez le juge d'instruction pour l'affaire de l'encaisseur. Il m'a tenue soigneusement au courant de la marche de l'enquête. (Je donnerais cher pour entendre les réponses qu'il fait au juge et aux policiers.) Aujourd'hui, il est bizarre. Il toussote, tourne autour du pot, puis, brusquement :

— J'ai rencontré ton petit cureton !

A mon grand regret, j'ai un choc au cœur, mais je mets un point d'honneur à ne pas sourciller. Il continue. Sa voix est très altérée, ce qui l'oblige à prendre le ton sarcastique :

— J'ai l'impression qu'il a des ennuis avec ses patrons, ton frocard sans froc... Les monsignors bien gras n'ont pas l'air d'apprécier ce genre de vicaire à la noix qui fraye avec les blousons noirs. Ça ne leur amène que des ennuis et...

— D'abord, il n'est ni vicaire ni frocard... Il faisait un essai...

— Faut croire qu'il est de la maison quand même, reprend Tossus, amer, puisque je l'ai vu arriver accompagné de deux curés qui ont pris part à l'interrogatoire. L'un d'eux avait un liséré violet à sa soutane ! Au début, il avait l'air d'être à leurs ordres... Oui, monseigneur !... Non, monseigneur !... Il filait doux, le dur des durs !

Tossus se tait. Il attend, pour jouir de son effet, et joue l'indifférence, très gauchement, pour provoquer mes questions :

— Et alors ?... Il ne t'a rien dit ?

— Si... Nous avons parlé longtemps tous les deux...

— Et alors...

— Hé !... Il a des vues très justes, le bougre ! Il me plaît de plus en plus. Je fais amende honorable : c'est un type épatant !...

Tossus essaie de sourire, mais sa lèvre tremble :

— ... De plus en plus épatant, même...

Il se tait. Il veut me dire quelque chose, c'est certain, quelque chose de grave.

— ... De plus en plus épatant, parce que... je l'ai entendu, hier soir... Ils étaient dans la petite salle d'attente à côté de la mienne... Là, il m'a fait plaisir, oui, vraiment, il m'a fait plaisir. J'aime les types qui caressent la société à rebrousse-poil, moi !

— Que leur a-t-il dit ?

— Il leur a dit... Oh ! ce serait trop long à t'expliquer... En bref, et très proprement, il leur a dit merde. Ça a duré dix minutes, puis ils ont été appelés chez le juge. La porte avait beau être capitonnée, j'ai entendu que, là aussi, ça bardait !

— Que disait-il ?

Tossus m'a regardée en coin de son petit œil narquois :

— Tu ne supposerais pas que Tossus Gilbert, célibataire, quarante-huit ans, instituteur public, écoute aux portes ?... A vrai dire, je n'ai entendu que des éclats. J'aime les éclats, moi... J'aime quand ça pète... Et ça a pété ! J'ai entendu : « Et bien, arrêtez-moi ! Je veux être avec ces pauvres gosses sur les bancs des accusés... Après tout j'ai ma part de responsabilités ! Et auprès d'eux, au moins, j'aurai l'air de quelque chose. Je serai du même côté de la barrière et ils croiront ce que je leur dirai, car tout ce qui se dit de l'autre côté, c'est lettre morte pour eux... Ils en prennent même le contre-pied... Et c'est votre faute à vous tous, juges, curés, planificateurs, constructeurs de cités monstrueuses et sans âme ! » Là-dessus, il y a eu un brouhaha, puis un ronron de voix prudentes et, tout à coup, cette fusée : « Supérieurs ?... Mais je n'ai pas de supérieurs ! Ni d'inférieurs ! Il n'y a ici que des gens qui cherchent à résoudre, par des moyens différents, le problème qui se pose à cette société bancale que vos savants, vos techniciens, vos publicistes affolent ! » J'ai entendu la voix jaune d'un monsignor qui disait : « Taisez-vous, Labastugue !... Votre passion vous égare !... » Et la voix que tu connais a répondu : « Je n'ai d'autre passion que d'aller porter la sagesse et l'espoir du Christ parmi ces peuplades délaissées du bout du monde... »

» Ah ! j'ai beaucoup aimé cette expression : « Ces peuplades délaissées du bout du monde », dans la bouche d'un homme de cet acabit, devant ces monsignors et ce juge de première classe !

» Mais la petite voix du juge a coupé : « Messieurs, messieurs, nous nous égarons ! » Puis l'interrogatoire a repris et je n'ai plus rien entendu. C'est dommage !... Mais en sortant, les monsignors faisaient une drôle de tête. Lui était pâle, mais il souriait, oh ! un sourire assez... comment dire ?... assez douloureux... mais triomphant.

» Ils sont sortis ensemble mais il a tenté de les quitter dès que la porte se fut refermée. Un des monsignors l'a retenu : « Mon cher Labastugue, vous ne venez pas à l'archevêché avec nous ?

» — Quoi y faire ?

» — Cette affaire est très importante...

» — Je ne cesse de vous le dire !

» — ... Il faut que nous bavardions longuement...

» — Depuis trois ans j'en parle... mais j'en parle avec des sourds.

» — Labastugue, mon cher ami ! s'est exclamé le liséré violet.

» — Laissez-moi, messieurs, je suis brisé, absolument brisé !

» — Nous voulons bien vous croire... Ça a été une dure, très dure expérience, et vous avez été admirable, mais vous le voyez, c'est la faillite. Nous compatissons à votre chagrin, à votre

déception... Mais notre Mère l'Eglise est là, vous
le savez, qui, dans sa grande sagesse, a bien
voulu vous permettre de faire cette expérience !
Venez vous blottir dans son sein. Sa discipline,
sa hiérarchie, sa merveilleuse liturgie vous sou-
tiendront et vous permettront de retrouver le
calme nécessaire pour reprendre espoir, dans la
prière... »

» C'est alors que ton M'sieu Albert s'est avisé
que j'étais là et a dit : « Je vois là un ami qui
m'attend... messieurs, excusez-moi !... Nous
nous retrouverons dans le cabinet du juge pour
enfants, mardi prochain. J'espère, je suis sûr que
celui-là vous fera comprendre. Bonsoir, messieurs ! »

» Il a tourné les talons et il est venu à moi les
bras ouverts. Nous nous sommes serré la main
comme des vieux potes. « Mon vieux Tossus ! »
m'a-t-il dit. Les monsignors sont partis sur la
pointe des pieds, en froufroutant dans les couloirs.

Voilà ce que Tossus m'a raconté, très excité.
Après cela, il a fait un silence puis il a laissé tomber :

— ... Il m'a dit aussi : « Donnez le bonjour à
Mlle Lorriot »... J'ai eu une idée amusante : je lui
ai dit : « Venez donc la voir, ça lui fera plaisir ! »... J'ai eu une bonne idée, hein ?... « Sans
doute, sans doute, a-t-il répondu, j'irai lui raconter tout ça ! »

Cette sotte conversation avec ce fou de Tossus a tout remis en question. J'en arrive logiquement à déduire qu'il est sur le point de quitter l'Eglise ou plutôt qu'il a pris la décision de ne pas y entrer. Mais on n'épouse pas un apprenti curé, comme dit mon père. Est-il vraiment « apprenti curé » ? Car Tossus est si farfelu qu'il peut très bien m'avoir raconté des histoires.

En attendant, nous faisons des compositions. Je suis émue comme si je les faisais moi-même. Pourtant, je sais bien que je n'aurai pas de surprise : à part cinq copies, ce sera lamentable, hélas !

Albert, depuis que tu n'es plus là, tout cela me paraît décourageant.

Qui étais-tu, toi qui disais que la haine est à la base des rapports humains et qui pourtant consacrais ta vie à leur enseigner l'indulgence, l'amour, la joie ?

Qui étais-tu, toi qui renonçais à tout, même à l'amour d'une femme, pour te consacrer à « eux » et remplacer les pères, les mères, l'Etat, défaillants ?

Plus je les vois vivre leur vie d'ilotes surmenés, plus je t'admire.

Je ne sais si les photos de ma famille et de notre petit domaine ont rapproché de moi les élèves, mais le ton confidentiel est de plus en plus employé entre eux et moi. Chaque jour nous avons une « conversation » d'une heure que j'intitule « A cœur ouvert », à la place de l'« instruction civique ». Là on me pose des questions et mes réponses sont, on s'en doute, des appels à d'autres questions.

C'est ainsi que nous avons été amenés à parler des villages abandonnés. Ceux que je connais et qui se dessèchent au soleil de Bourgogne, la belle, l'opulente Bourgogne.

Je pense par exemple à Salnières, où les vergers solitaires doivent, en cette saison, se couvrir de fruits sous les ronces et les épines noires, alors que le lavoir, qui commence à se desceller, laisse échapper son torrent d'eau pure et glacée.

J'en ai des photos, assez mal réussies, faites par mon cousin. Je les leur montre. Leurs réactions sont très confuses, partagées entre l'ironie et l'admiration silencieuse. En définitive, c'est avec une gravité troublante et un grand enthousiasme que l'on me pose mille questions bouleversantes et que l'on projette d'aller y reconstruire et défricher, et il me revient cette phrase d'Albert (encore lui) : « Dans notre société asphyxiée par ce qu'on appelle le progrès, les pionniers, faute d'emploi, sont devenus blousons noirs. »

L'intérêt passionné manifesté par mes gaillards par ailleurs si mous, si vicieux, si vulgaires, si impavides, me grise un peu. Il me vient des idées folles, des idées qui me rapprochent encore de M'sieu Albert.

Car une pensée me harcèle : ce village, ce Salnières désert où j'allais avec mon père aider un vague cousin à la fauchaison, ce hameau vide, joliment perché, où abondent les granges, les hangars, les habitations, il serait si facile de le remettre en état, de cultiver les champs délaissés, d'y établir une colonie... Pourquoi pas « la bande » ?

Je m'enflamme à cette pensée. Je fais, de mémoire, l'inventaire des toits en bon état et des richesses mobilières. N'y ai-je pas vu encore une charrette, une vieille maie, quelques chaises, une meule à affûter, un lit cassé, des rayonnages, des placards, des chenets, des crémaillères, un fourneau à trois trous, et même, dans la maison qui fut habitée jusqu'à l'année dernière par le vieux bûcheron centenaire qu'on y trouva mort, desséché par le froid, un mobilier modeste, une réserve de paille et une dizaine de stères de bois de moule, toutes sortes de richesses que les héritiers, poinçonneurs de tickets sous terre à Paname, n'ont même plus les moyens de faire enlever. D'ailleurs ils n'en voudraient pas, les meubles sont en cœur de chêne et ils ne s'intéressent qu'au contreplaqué et à la matière plastique.

Dans mon esprit, je classe ces trésors, je suppute les frais nécessaires et me voilà en train de répartir nos blousons noirs dans ces demeures froides où j'ai connu la vie chaude et les tablées bruyantes, il y a dix-huit ans.

Je me vois, et je vois Albert. Je ne vois que lui. Il a installé sa chambre dans le pignon de la dernière maison, tout en haut et, de sa lucarne, il découvre le village gris et rose, animé de cris et du brouhaha des travaux. Devant lui, la combe s'enfonce en cascadant jusqu'à la vallée du Rupt des Gordots qui coule ensuite vers le ravin de l'Ouche, mauve et bleu...

Je vois Lamora, retrouvé, qui fend du bois...

Je vois Pardieu qui rafistole la carriole pour descendre à Labussière en corvée de pain. Dix-huit kilomètres aller et retour...

Je vois... je vois...

Mais non. Revenons à nos gamins qui, faute de pouvoir user leurs jeunes forces à des manœuvres constructives, rêvent de les employer à attaquer des encaisseurs, poussés à cela par des films que l'on croirait « étudiés pour »...

Ils sont là, devant moi. Tout compte fait, ils attendent que coulent de ma bouche les mots qui donnent le rêve, l'extase, l'espoir, la joie d'entre-prendre, l'ivresse de réaliser quelque chose de A à Z.

Et je conte.

J'en arrive à faire, au tableau, le plan du vil-lage. Ici l'abreuvoir. J'écris « abreuvoir » au tableau, et je donne la famille du mot « abreu-ver ». Là, le lavoir, et j'écris le mot « lavoir », et je donne la famille du mot « laver », et ainsi de suite.

Voici le four. Le four à pain, d'où sortaient les miches craquantes. Voici l'aire à battre, voici les maisonnettes des journaliers, avec leur escalier de pierres de taille, le cellier qui valait cinquante réfrigérateurs, le jardin...

J'explique la vie de ce village, la vie essentielle, la vie suffisante, qui consiste à se procurer chaque jour de quoi manger le lendemain, chaque été de quoi manger l'hiver, et de quoi se chauffer. J'explique le troupeau et la basse-cour, l'araire et la scie. J'explique les fêtes locales et les paulées de fauchaison et de moissons.

Je m'échauffe, je m'excite, je m'imagine que l'on me suit, que l'on me comprend, mais, tout à coup :

— M'dame, m'dame... Pour se chauffer ?

— Eh bien, le feu...

— Le butane ?

— Mais non, voyons... le feu de bois...

— Y avait pas le gaz ?

— Bien sûr que non.

A part Vermenouze et deux ou trois autres qui s'amusent comme des petits fous devant ces parigoteries, il y a une laborieuse réflexion collective. Puis une voix :

— Mais, le bois, où c'est qu'on l'achetait ?

Un peu suffoquée, je vais faire la réponse, mais déjà un autre attaque :

— Et les courses ? Où que c'est qu'on va faire les courses, si y a pas de crèmerie ?

Dois-je vraiment leur expliquer ? Mais c'est si bête que je reste bouche bée. Les réponses les plus simples et les vérités les plus évidentes sont, ici, les plus difficiles à formuler, je suis là, à bafouiller, lorsqu'un autre (c'est Blancard) pose une question « énorme », tout au moins elle me paraît telle, à moi, la pécore :

— M'dame ! Si on fait le feu dans la méson...
la fumée ?... par où qu'elle passe, la fumée ?

A part les trois ou quatre « paysans », un peu
demeurés, les autres admirent Blancard, car ce
phénix sait que d'un feu de bois se dégage de la
fumée. C'est, visiblement, une notion qui ne
court pas les rues.

Je réponds :

— Et la cheminée ? A quoi ça sert ?

On ouvre des yeux étonnés :

— Il y a des cheminées ?... Dans toutes les
mésons ?

— Bien sûr, voyons, c'est l'essentiel.
D'ailleurs le feu c'est le centre de la famille. On
dit qu'un village a vingt « feux » lorsqu'il y a
vingt familles, car chaque famille a un âtre et
une cheminée...

Alors une voix s'élève, fluette, pauvrette, une
voix déjà vieillotte et chargée de toute la misère,
de toute l'ignorance, de toute l'angoisse de l'âge
atomique et des « grands ensembles » :

— Qu'est-ce que c'est, une cheminée ?

C'est Bertrand qui a posé cette question. C'est
un élève bon moyen, terne et sérieux, tout à fait
le genre dont le siècle a besoin. Ce sera un bon
robot. Si ses parents s'occupent de lui, il peut
devenir un bon chef de section, et s'il vire bien
sa cuti, fait bien sa puberté, il peut être ingénieur, médecin, directeur technique. Il a posé sa
question sérieusement, ce n'est pas un fumiste,
mais il habite, ainsi qu'une vingtaine d'autres, les
blocs ultra-modernes qui constituent un « grand

ensemble », ce dont ils sont très fiers, où la cheminée est inconnue.

Entendons-nous bien : il sait ce que c'est
qu'une cheminée. Il connaît celles de l'usine ou
de la centrale thermique, mais il ne voit pas très
bien leur utilité dans une « unité » (on ne dit plus
appartement) où le chauffage est collectif et
automatique.

... Et c'est ainsi qu'à bientôt vingt-cinq ans, et
après huit mois d'enseignement, j'apprends que
70 % des enfants de Paris, les blousons noirs, les
durs des durs, les assommeurs d'encaisseurs ne
savent pas ce que c'est qu'un feu de bois, un âtre
et... une cheminée !

Oui, il me serait plus facile certainement
d'avoir des contacts avec des Indiens du Gran
Chaco qu'avec les enfants des villes modernes !

Tossus a raison : oui, qui les civilisera ?

Tout cela constitue néanmoins une excellente
leçon de vocabulaire, de choses, de civilisation,
pour mes bougres. Et pour moi, c'est une leçon
de quoi ? Car je viens d'avoir confirmation qu'ils
ne savent rien. Ils ignorent non seulement les
rudiments de leur langue maternelle, l'histoire
ou la géographie de leur propre pays, mais même
et surtout les bases élémentaires de la vie : la
terre, la graine, la feuille, le feu.

Dans le village de Salnières, les enfants des
« grands ensembles » mourraient de froid et de
faim auprès d'une forêt et d'un troupeau de
porcs, faute de « crèmerie » et faute de mazout.

Oui. Voilà bien les ilotes.

Tossus en est aussi navré que moi, mais il joue les cyniques et répète avec acharnement le même, le sempiternel, l'odieux refrain :

— ... Et Catherine Lorriot veut en faire des dilettantes, des hommes qui sachent allumer un feu de bois et faire pousser des pommes de terre, donc des hommes qui pensent, qui respirent, qui sentent, des hommes enfin... ! Eh bien non, mon petit lapin, on ne nous demande même pas de faire d'eux des robots, mais des torche-robots. Nous sommes des « conditionneurs » de « torche-robots »... Ha ha, la belle humanité torche-robot !

Très satisfait de sa trouvaille, il a fait plusieurs tours sur lui-même en chantant « torche-robot, torche-robot... ! » puis il est revenu près de moi :

— Et ton cureton ? Où est-il, ton cureton ? Les inquisiteurs lui ont grillé la plante des pieds, ou quoi ?

Toute première manifestation après le classement :

Le père d'Abderrahmane est venu à l'école. Il était accompagné d'un autre « Arabe », beaucoup mieux vêtu que lui et assez prétentieux. C'était l'écrivain public nord-africain, qui devait servir d'interprète. Il a demandé à me voir. Il a parlé longuement en arabe et l'autre a traduit ainsi :

— Il dit que tu es une deuxième mère pour son

fils, que tu t'occupes bien de son fils, que tu lui apprends à lire, à écrire, à compter comme aux fils de roumis et que tu lui as donné un bon classement, à lui, l'Arabe, qu'il te remercie, et que si tous les roumis étaient comme toi, il n'y aurait pas des « histoars ». Il dit que tu es une bonne stitoutrice et qu'il te remercie.

Le père, son béret à la main, écoute la traduction en souriant, sans comprendre, mais il opine en hochant la tête gravement. C'est la visite classique du père au maître comme à Trézilly, « de mon temps ». D'ailleurs, avec ses moustaches à la française, il ressemble à un paysan de chez nous. Mon père, par exemple.

Je réponds que je suis là pour apprendre à tous, dans un esprit d'égalité, qu'Abderrahmane est un bon garçon mais qu'il doit éviter la compagnie de certains mauvais sujets.

Traduction.

Sourire.

Ils s'en vont, très graves, très heureux. En mon âme, c'est un peu de miel qui coule sur de douloureuses blessures.

Voici la deuxième manifestation des parents d'élèves après la publication du classement : c'est la lettre du père de Nguyen, Cambodgien, employé aux PTT.

Cette lettre est tellement caractéristique que je crois bon de publier *in extenso* ce document dont je garantis l'authenticité.

Le 11 mai 1961

A madame l'Institutrice chargée de la classe
de Jean Nguyen.

Madame l'Institutrice,

Le classement prometteur de Jean me faisant battre le cœur, c'est avec un plaisir indicible que je me permets de vous écrire pour vous remercier. Ce coup d'aiguillon du sort semble me confirmer — et j'y vois une manifestation de la volonté divine — que je n'avais pas tort, à l'issue d'un drame international qui me déchirait jusqu'au tréfonds de mon âme, de choisir la France et, partant, sa culture dont j'ai entrevu, pendant ma jeunesse, les incommensurables dimensions. J'ai employé à dessein le mot « entrevu » car, marqué par ma naissance, je me suis vu frustré du bénéfice d'une culture intégralement française. Loin de moi l'idée de faire, ici, le procès de tel ou tel régime. Je tiens cependant à vous préciser ce point pour vous montrer toute l'importance que j'attache à l'instruction, par le canal du français, de ma progéniture.

Au fronton de toutes nos bibliothèques, vous voyez toujours, calligraphié en caractères d'or, le vieil adage plus que millénaire — puisque la tradition lui attribue vingt siècles de vie avant l'ère chrétienne : « La force ne prime qu'un temps, l'idée enchaîne pour jamais. »

Notre civilisation qui reconnaît l'identité pro-fonde de l'homme avec les êtres inférieurs — éther, gaz, minéraux, végétaux et animaux —, qui voue un culte particulier aux ancêtres, qui de tous temps octroie un régime de faveur aux étrangers, qui, en résumé et de par ses trois aspects précités, glorifie l'unité de la vie une et indivisible, ignore la violence comme principe de l'Etat, prône la Fraternité humaine. Les empires fondés par la force s'effritent et tombent quand, arrivés au comble de leur expansion territoriale, ils ploient sous leur propre charge, bien heureux si les peuples asservis ne leur décrètent pas la mort.

Par contre, la domination de l'esprit est une chose durable. L'immense patrimoine gréco-latin reste visible partout en France. L'on trouve, à l'heure actuelle au Viêtnam, beaucoup de cou-tumes tombées en désuétude en Chine. Et cet exemple est loin d'être unique.

Par l'esprit, j'en suis persuadé, l'homme arrivera à former une vaste fédération culturelle, annoncia-trice d'une entente universelle. L'obstacle majeur de la Paix réside beaucoup moins dans la barrière des langues que dans celle des langages. L'intérêt oppose les individus les uns aux autres, si ce n'est pas l'ambition. Il va sans dire que de la confron-tation de leurs idées il ne pourra s'élever que des notes discordantes et des bruits de pupitre partout où siège ce qu'on appelle paradoxalement le concert des nations.

Changeons de mentalité. Plaçons nos problèmes sous le signe d'un esprit nouveau, nous arriverons vite à une meilleure compréhension et nos enfants ne connaîtront plus, tous les vingt ans, la peur panique d'une destruction totale. Dans ce pays où s'affronte, sur le plan pacifique de la coexistence, l'Est avec l'Ouest, où le plus humble des citoyens peut professer n'importe quelle opinion, où l'héritier d'un savant naturiste coudoie sans complexe le fils d'un authentique cannibale, où un petit Jean sorti tout droit de sa civilisation du soleil fraternise avec le premier petit indigène des rives brumeuses de la Seine, je pense non sans conviction que le levain d'une union humaine que ma Patrie d'élection n'a cessé de porter dans son sein doive et puisse exercer son action de transformation à tout le pétrin du monde. Ainsi, la joie de voir mon rejeton réussir dans son ascension vers la lumière est surmultipliée à l'idée qu'un jour nouveau se lève sur la Fraternité française. Et comme le soleil qui brille pour la Communauté brille aussi pour tous, le monde pourrait vivre à l'heure française.

La présente que je voulais comme messagère de ma reconnaissance auprès de votre personne à l'occasion d'un succès scolaire de Jean tourne à l'éloge de la culture et de la mission civilisatrice françaises. Sortant de son cadre initial sous l'effet de l'inspiration, elle n'en demeure pas moins dans le domaine qui est vôtre, vu sous l'angle du spoutnik.

De toute façon, elle me fournit une excellente occasion de situer mon fils et de vous dire merci encore en vous présentant mes respectueux hommages.

MATHIEU NGUYEN.
23, boulevard du Sud.

6

Ainsi se terminent les notes prises au cours de cette extraordinaire année scolaire, la première de ma carrière pédagogique.

J'avais projeté d'aller passer quelques semaines de vacances au bord de la mer, dans une de ces stations dont j'avais tant entendu parler et où tous les Parisiens se précipitent. Ce devait être la réalisation d'un des rêves de mon enfance, mais j'ai compris que j'allais y retrouver entassées, dans le plus ridicule de leurs accoutrements, toutes les familles Piedgros, Pardieu, Beaudard, Michaux, avec leurs transistors, tous ces ilotes sans village natal, mêlés dans une promiscuité de fête foraine, dans le faux luxe et le clinquant. Je les ai imaginés, en short et bikini, cherchant à reconstituer partout où ils se trouvent cette atmosphère de cancans grasseyants, de prétentieuse vulgarité, de sordide touche-touche, de nullité unanime et totale qu'on trouve dans les couloirs du métro aux heures de pointe ou dans les blocs résidentiels. J'ai pensé que j'allais rencontrer mes élèves, encore groupés en rang sous les ordres de moniteurs mercenaires, caporalisés, condamnés aux vacances processionnaires et sociales.

Je suis donc revenue chez mes parents, dans nos champs et nos bois, pour respirer la simplicité, la liberté et le bon sens.

Tout le monde m'a trouvée triste ; mes silences leur ont fait peur, mais ils les ont respectés.

J'ai pris contact avec l'instituteur du village voisin, pour « parler », mais il n'y a pas eu de véritable dialogue sur les sujets qui me hantent. Cet homme mène ici, avec sa petite famille, une vie normale, paisible et sans histoires. Ses élèves sont de braves petits paysans, apparemment endormis peut-être, mais polis, bien élevés, sains, moyennement intelligents, et très équilibrés. C'est ce qui frappe le plus ici quand on revient de la grande ville : l'équilibre. Tossus et Albert diraient : « Bien sûr ! Les femmes sont à leur poste ! »

Si le « maître d'école » s'efforce de retenir ici, à la terre, ceux qui parlent de « monter à Paris », c'est pour qu'il y ait toujours assez d'enfants dans sa classe afin de justifier son poste. C'est là son plus gros souci, car la rivière est poissonneuse et pas encore polluée. Il se plaît dans ce village où il peut pêcher, chasser et se livrer à l'archéologie : il a mis à jour du romain, du gallo-romain et pense trouver, près de la douix[1], dans notre

---

1. Résurgence de source en pays calcaire.

combe, un sanctuaire gaulois. A part son jardin, ce qui l'inquiète le plus, c'est de savoir si notre village est en pays mandubien ou en pays éduen, et il travaille, avec deux autres instituteurs et le curé, à déterminer cette fameuse frontière éduenne et l'emplacement exact d'Alésia. Il présente de temps en temps un ou deux élèves au certificat d'études et ils sont reçus. De temps en temps encore, il présente à l'examen de sixième un gars ou une fille qui est reçu et qu'on retrouvera instituteur dans dix ans, à moins, hélas, qu'ils aillent grossir les rangs des « torche-robots ».

Quand je lui raconte ce qui s'est passé dans ma classe, il ne me croit pas et, pour lui, M'sieu Albert est un fou. Pour mon père aussi, d'ailleurs, qui me dit, avec son accent rond et dodu :

— On n'a pas idée de se mettre dans des états pareils !

J'ai tenté de lui exposer les soucis, que dis-je, les angoisses du prêtre-ouvrier. Il m'a arrêtée tout de suite en disant :

— D'abord, c'est pas un curé. Un curé, ça porte une soutane, ça dit la messe et ça fait le catéchisme. C'est tout ce qu'on leur demande !

Tout le monde ici est bien d'accord. D'accord aussi pour dire que les gens de la ville gagnent de l'argent gros comme eux sans seulement travailler, qu'ils passent leur temps à faire de la toilette, à aller au cinéma, au théâtre et en congés payés. Quant à la jeunesse de la ville, elle a bien de la chance : tout lui est facile et le gouvernement dépense des milliards pour lui faire des stades, des centres sociaux, et tout.

Voilà ce qu'on dit, chez moi, en buvant le canon, entre fauchaison et moisson, pendant que gazouille le ruisseau.

En conclusion, à la suite d'une de ces conversations mon père m'a dit, en rejetant sa casquette sur sa nuque :

— Faut pas aller vivre là-bas ! Faut pas fréquenter des gens comme ça ; faut choisir des honnêtes gens !... Ton M'sieu Albert, c'est un gnaulu, un songe-creux... On n'a pas idée ! Si je le voyais, moi, ton M'sieu Albert, je le mettrais trois jours derrière la faucheuse, à relever les gerbes, dans le « champ Gouillet », où il y a des chardons, et puis je lui dirais : « Mon vieux Albert... »

A ce moment, on a entendu un moteur qui montait la côte. La chose se produit assez rarement et, comme chaque fois, nous sommes allés sur le tertre et, la main en visière, nous avons regardé l'intrus, gros comme une fourmi, sur la petite route blanche, non bitumée, qui serpente au fond de la combe. C'était un motocycliste, en anorak gris.

Un instant plus tard, Albert, oui, M'sieu Albert lui-même, descendait de l'engin, alourdi de bottes et de moufles. Il vint à moi, gauche et souriant :

— Bonjour, Catherine.

— On parlait justement de toi ! lui répondis-je.

— Vraiment ?

— Oui. Et mon père parlait de t'envoyer faire une vingtaine de voitures de gerbes !

Les deux hommes se sont regardés.

— C'est vous, M'sieu Albert ? a demandé tout de go mon père.

— Oui.

— Je m'en doutais. Venez donc boire un canon !

— Non merci, je ne bois pas.

— Vous avez tort, mon ami. Si vous ne buvez pas, vous allez être sec comme un missel. Mais entrez quand même, ne restez pas sur le seuil. Si vous ne buvez pas, ce qui m'étonnerait bon dieu pas mal, vous mangerez bien un morceau ?

Une heure après, Albert avait largement ouvert son blouson gris et racontait son service militaire à mon brave père qui racontait le sien, à Nancy, au 25ᵉ d'infanterie. Il s'interrompit tout à coup pour poser sa grosse main sur le bras de M'sieu Albert et lui dire, à brûle-pourpoint :

— J'espère que vous n'êtes pas gradé au moins ?

— Certainement pas ! répliqua Albert en riant.

— Alors vous me plaisez ! reprit le père. L'homme de troupe seul peut encore avoir bonne conscience et prétendre que s'il tue un jour, ce sera parce qu'on l'y aura forcé, et c'est encore une bien mauvaise excuse !

Lancé sur ce cheval, Papa, je le savais, pouvait tenir en selle plusieurs heures sans débrider. Il ne s'en fit pas faute, le temps étant au beau, le der-

nier foin pouvait attendre demain pour être rentré, pourvu qu'on le mît en bouillots avant la
rosée. On fit donc revenir une autre bouteille et
l'on convia mon frère et le commis, qui venaient
de terminer leur méridienne et se sentaient « un
morceau de boyau vide ».

Les mouches joignaient leurs joyeux bourdon-
nements aux clameurs des quatre interlocuteurs,
car, petit à petit, Albert se mettait au niveau, et,
que l'on me croie : ce n'est pas facile, pour les ter-
mites, de s'envoler avec les alouettes. Il paraissait capable d'y parvenir, mais au cours d'une
accalmie, il redevint grave, repris par ses doutes.
Il prit la parole en ces termes :

— Monsieur Lorriot, après une année à vrai
dire très dure et au cours de laquelle nous avons
eu de graves problèmes à résoudre, votre fille a
dû vous le dire, nous avons eu la satisfaction de
constater que le ministère de la Justice et celui
de l'Education nationale...

— Mazette ! murmura mon père.

— ... De l'Education nationale, répéta M'sieu
Albert, faisaient enfin preuve d'un large esprit de
compréhension. Ma chère Catherine, j'ai le plaisir de t'informer que nos jeunes délinquants ont
été acquittés ou plutôt traités avec indulgence.

— Bravo, mon cher Albert ! s'écria mon père
en brandissant son verre et en obligeant Albert
à en faire autant en trinquant. Buvons à cette
très belle victoire du bon sens et du laisser-pas-
ser !

Albert but et continua :

— Et justement, monsieur Lorriot, si je suis ici aujourd'hui, c'est pour étudier une affaire pour laquelle vous pouvez m'être très utile...

— Mais ce sera avec un grand plaisir, mon cher Albert !

— Catherine m'a parlé d'un village abandonné non loin d'ici.

— Salnières ! précisa mon père.

— Il m'a semblé que l'on pourrait faire renaître ce village, lui redonner vie d'une façon qui résoudrait à la fois certains problèmes d'éducation d'une part, et de remise en valeur des villages abandonnés d'autre part. Ce qui manque à nos jeunes des grandes agglomérations, c'est le travail manuel, un but à leur ardeur, un aliment à leur désir d'agir. Au lieu d'attaquer un encaisseur ou de cambrioler une classe, ils reconstruiraient des maisons, défricheraient des...

— Vous voudriez les amener là ? demanda mon père, qui changeait de visage.

— Je suis venu pour étudier l'affaire. Je dispose de quelques crédits.

— Mais...

— On y constituerait une communauté de jeunes...

— Pourtant...

— ... On ne s'arrêterait pas là. Vous pensez bien que cela attirerait quelques commerçants...

— C'est que...

— ... Quelques artisans aussi... Ce serait une expérience. Si les résultats étaient encourageants, on pourrait recommencer ailleurs. Ce ne sont pas les villages abandonnés qui manquent en France. On pourrait organiser des fêtes qui retiendraient les populations rurales et...

— Ha ! ha ! Je vois ça d'ici ! éclata mon père. Une messe de minuit touristique et une soirée de sacrifices druidiques organisée par le syndicat d'initiative ! Un pèlerinage à Sainte-Orberose sous le patronage de l'évêché et du ministère de l'Agriculture réunis ! Une fête des Feux précel-tiques et un colloque littéraire et populo-cultu-rel ? Non, merci !

— Mais...

— ... On goudronnerait la petite route et on équiperait la mare historique pour organiser des rallyes super-intellectuels motonautiques ?

— Pourtant...

— ... On « stimulerait le commerce » en mon-tant des petits cabarets montmartrois-bourgui-gnons où des vedettes de la chanson folklorique et industrielle viendraient lancer le disque de l'année...

— C'est que...

— On verrait rappliquer le cinéma, le metteur en scène et la petite famille de la radio-télévision française bien de chez nous !... Et pourquoi ne monterait-on pas un spectacle son et lumière et un super-crépuscule de Bourgogne, avec des estrades, et même des haut-parleurs ? Moyen-nant quoi, les ilotes surmenés des zones indus-trielles viendraient communier avec leurs ancêtres, en rachetant à prix d'or les masures qu'ils avaient dédaignées et vouées aux orties pour aller sacrifier à l'horloge pointeuse ? Et on les verrait reconstruire en matières plastiques le manoir et la chambre à four ?

» Non merci !

» Et on verrait fleurir l'« Hostellerie », le « Relay », la « Vieille Rôtisserie » ?... Nos fils et nos filles resteraient au village oui, mais pour aller cirer les bottes de ces transfuges mal repentis et très combinards, de ces badauds lécheurs de programmes, de ces touristes suiveurs de guides qui, seuls, sont incapables de découvrir un clair de lune, de se régaler du parfum d'un champ de navette, ou de distinguer un troupeau de moutons d'une abbaye du XIIᵉ siècle ? On verrait débarquer tous ces serreurs d'écrous en mal de culture populaire qui voyagent comme ils travaillent : À LA CHAÎNE ?

» Non merci !

» Et, pour finir, on ferait un terrain de camping avec douches, W.-C. et clubouse en dur ? Et le prix de l'œuf passerait à cent francs, garanti du jour. On ne trouverait plus de sabots et je serais obligé de faire ma moisson en casquette de nylon ! Non mais vous me voyez avec une casquette de nylon ?...

Albert avait voulu interrompre, au début, mais il avait dû y renoncer. Il avait écouté, d'abord indigné, puis effrayé, puis enfin amusé. Il tenta de ramener la discussion dans le domaine de l'objectivité :

— Mais tout cela pourrait ramener la vie dans les campagnes et...

— J'aime mieux les ruines que cette vie-là ! lança mon père. Mieux valent les ronces et les orties, le silence et la solitude que ce cirque !

Albert allait plaider en faveur de l'optimisme, de l'opportunisme, du réalisme historique, que sais-je ? mais mon père ne lui en laissa pas le temps : il changea de ton et, posément :

— D'ailleurs, pour tout vous dire, le village abandonné n'est plus abandonné !

— ...

— Le village abandonné vient d'être racheté ! précisa-t-il.

Le silence s'était fait. Tout le monde le regardait.

— Oui, continua-t-il, et c'est moi qui l'ai racheté ! Pour y mettre des vaches dans l'étable et du foin dans les fenils, et peut-être aussi des moutons pour que les pâturages servent à quelque chose !

Nous étions tous muets d'étonnement, même ma mère qui semblait ne rien savoir de cette opération.

Avec le rire en coin et l'œil plissé des Bourguignons salés, il ajouta :

— Et je vous jure qu'il y aura du travail là-haut pour ma fille, mon gendre et des tas de petits-enfants !...

Il vida son verre, prit sa casquette et sortit, en laissant tomber :

— ... Et pour toutes nos sacrées machines !

Aujourd'hui 26 octobre.

La rentrée est faite depuis plus de trois semaines et je suis toujours là, à la ferme, et à Salnières.

Albert n'est toujours pas reparti. Il manie avec ardeur la truelle et le têtard, la doloire et l'herminette, la scie et le marteau, sous le grand ciel mouvant de l'automne bourguignon.

Henri Vincenot
dans Le Livre de Poche

Du côté des Bordes n°14872

Avril 40 : à la ferme de la Belle-Maria, en Côte-d'Or, le père Ernest attend le retour de son fils parti au front. Le garçon de ferme François, réformé, fait tourner l'exploitation avec l'aide du vieux Vatican et de la jolie Sidonie. Mais le fils espéré ne revient toujours pas et, bientôt, aux longues files de réfugiés succède l'armée allemande. L'Occupation s'installe. C'est à 29 ans que l'auteur de *La Billebaude* écrivit ce roman demeuré inédit, chronique douce-amère d'un village bourguignon. Douce, parce que l'imprègnent les parfums de cette terre, entre Morvan et pays des vins ; amère, parce que le regard de Vincenot, empreint de tendresse mais lucide et souvent féroce dans la satire, nous montre l'être humain capable du pire comme du meilleur. Du fermier prêt à tout pour tirer son fils du stalag à la malheureuse qui flirte déjà avec l'occupant, de la naissance du marché noir aux premiers tressaillements de la révolte, ce tableau croqué sur le vif s'impose comme un de nos grands romans sur la réalité des années noires.

Nouvelles ironiques n°15027

Dès le premier récit de ce recueil, Henri Vincenot parvient à mettre de mauvaise humeur Dieu lui-même, en lui faisant observer que le Bien sort souvent du Mal, et que c'est lui, après tout, qui a tout déclenché en se chamaillant

avec Lucifer. Le ton est donné, souriant, sage — on se prendrait à dire « philosophique » si l'auteur de *Récits des
friches et des bois* ne s'était toujours défié des faiseurs de
théories. Qu'il raconte l'histoire de « Forceps », obscur
fonctionnaire qui poursuit en secret une vocation de compositeur — et trouve le salut dans l'amour en même temps
que dans la musique —, ou qu'il nous révèle comment
Napoléon entretenait le moral des troupes en flattant
l'esprit de clocher, Vincenot sait allier la tendresse à
l'humour, la profondeur à la légèreté. Sans jamais oublier
la lumière et les odeurs du pays natal, de cette nature bourguignonne à laquelle toute son œuvre chante un hymne.

Récits des friches et des bois n°14628

Toute sa vie, l'auteur de *La Billebaude*, livre grâce auquel,
à soixante-six ans, il conquit un immense public, est
demeuré fidèle aux mêmes valeurs : passion de la liberté,
enracinement bourguignon, amour de la nature. Dans ces
textes inédits retrouvés par sa fille Claudine, le jeune
homme de dix-huit ans, exilé dans la capitale où il poursuit vaillamment ses études à HEC, se montre déjà tel
qu'en lui-même, avec son style tour à tour imagé, souriant
ou lyrique, et ses thèmes d'élection. Il met en scène la
Bourgogne profonde des friches et des bois, des villages
retirés ; celle des parties de chasse et de pêche, des bergers
et des braconniers, des figures singulières comme le
« Téchon », montreur de vipères, le pépère Antoine, sculp-
teur de saints de bois... Toute une vie rustique dont il sut,
mieux que personne, exprimer les saveurs, la richesse et
la sagesse.

Rempart de la Miséricorde   n°15178

Le Rempart de la Miséricorde, c'est le quartier de Dijon
qui abrite, durant l'entre-deux-guerres, le « ghetto » des
cheminots. C'est là que grandit Claude, qui se destine à
devenir ingénieur au chemin de fer, afin de parachever
l'ascension sociale de la famille : le grand-père, maréchal-
ferrant, avait quitté sa forge pour devenir mécanicien de
locomotive au temps de la vapeur ; le père est dessinateur-
projeteur — ou, comme le disent avec dédain les roulants,
un bureaucrate... C'est tout l'univers du rail, dans lequel
Henri Vincenot a grandi et vécu, qui revit dans cette saga
familiale tour à tour truculente et émouvante : électrifica-
tion, affrontements des « rouges » et des « jaunes »... Et
Claude, en rencontrant l'amour avec une « étrangère »,
découvrira qu'il n'est pas facile de rompre avec l'esprit de
caste. Tendresse et humour, finesse de l'observation, art de
dresser les décors et de camper les personnages font indis-
cutablement de ce livre un des chefs-d'œuvre de l'écrivain
bourguignon.

Du même auteur :

AUX ÉDITIONS ANNE CARRIÈRE

Toute la Terre est au Seigneur, 2000.
Récits des friches et des bois, 1997.
Du côté des Bordes, 1998.
Rempart de la Miséricorde (*Mémoires d'un enfant du rail,* nouvelle édition), 1998.
Nouvelles ironiques, 1999.
Les Yeux en face des trous, 2000.

AUX ÉDITIONS DENOËL

Je fus un saint, 1952 (épuisé).
Walter ce boche, mon ami, 1954 (épuisé).
La Pie saoule, 1956.
Les Chevaliers du chaudron, 1960 (prix Chatrian).
La Princesse du rail, 1967 (feuilleton télévisé).
Le Pape des escargots, 1972 (prix Olivier de Serres).
Le Sang de l'Atlas, 1974 (prix franco-belge), (épuisé).
La Billebaude, 1978.
Cuisine de Bourgogne, 1979.
Psaumes à Notre-Dame en faveur de notre fils, 1979.
L'Age du chemin de fer, 1980 (épuisé).

Les Etoiles de Compostelle, 1982.
Les Voyages du professeur Lorgnon, tomes 1 et 2, 1983-1985.
L'Œuvre de chair, 1984.
Locographie (épuisé).
Le Maître des abeilles, 1987.
Le Livre de raison de Glaude Bourguignon, 1989.

AUX ÉDITIONS HACHETTE

La Vie quotidienne dans les chemins de fer au XIXᵉ siècle, 1975 (bourse Goncourt et prix de la revue indépendante), (épuisé).
La Vie quotidienne des paysans bourguignons au temps de Lamartine, 1976 (prix Lamartine).
Hommes et terres de Bourgogne, 2000 (réédition de *La Vie quotidienne*).

AUX ÉDITIONS NATHAN

Pierre, le Chef de gare, 1967 (épuisé).
Robert, le Boulanger, 1971 (épuisé).

AUX ÉDITIONS RIVAGES

Canaux de Bourgogne, 1984 (épuisé).

Composition réalisée par JOUVE

IMPRIMÉ EN ESPAGNE PAR LIBERDUPLEX
Dépôt légal Editeur : 28650-01/2003
LIBRAIRIE GÉNÉRALE FRANÇAISE - 43, quai de Grenelle - 75015 Paris.
ISBN : 2 - 253 - 15405 - 9   ✥ 31/5405/1